和泉式部日記

いずみしきぶにっき

林文月 譯・圖

三民書局

國家圖書館出版品預行編目資料

和泉式部日記／林文月譯. －－三版二刷. －－臺北市：三民，2021
　面；　公分. －－（經典文學）

ISBN 978-957-14-6634-7（平裝）

861.635　　108006691

經典文學

和泉式部日記

譯　　者｜林文月
插畫設計｜林文月

發 行 人｜劉振強
出 版 者｜三民書局股份有限公司
地　　址｜臺北市復興北路 386 號 (復北門市)
　　　　　臺北市重慶南路一段 61 號 (重南門市)
電　　話｜(02)25006600
網　　址｜三民網路書店 https://www.sanmin.com.tw

出版日期｜初版一刷 1997 年 10 月
　　　　　二版一刷 2015 年 5 月
　　　　　三版一刷 2019 年 6 月
　　　　　三版二刷 2021 年 8 月
書籍編號｜S853730
I S B N｜978-957-14-6634-7

三民書局

新版序言

林文月

《和泉式部日記》，是我四年前譯竣出版的一本日本平安王朝三大才媛之一和泉式部所記錄的愛情自白書。此次三民書局為我重新排印出版，得有機會再度閱讀自己的譯文。可能是由於時隔數年之故，這每一首詩歌、每一段散文，當初分明是由我自己字字句句斟酌而後下筆的，如今讀來卻感覺既熟悉又陌生，竟然會像一般讀者那樣有頗為新鮮的感動。

我重新感動於書中所流露的歡悅、猶豫、浪漫、愁傷。愛情之為物，委實不可思議。時不分古今、地不分西東，人類亙古以來，正一再重複著這種感人肺腑的情思；而文學之題材也正因為如此而恆常自其中汲取滋養不已。

和泉式部究竟是怎樣一個女性？我們無法確切把握，甚至「和泉式部」這個稱呼，也不是她真正的名字。但是，藉著文字，我們掌握到千年前的一位日本女性，她的愛、她的幸福、她的恍惚、她的憂慮……。文章，未必都是經國之大事，文章，有時只是非常個人的感受或體驗，就像這一本書，作者記錄了自己和敦道親王之間十個月裡的愛情，從怎麼樣偶然地相識，到經歷激情與猶豫，逐漸兩心相許，終至排除萬難而謀契合。人類的物質文化日新月異，但人類的心靈活動，似乎有某些本質是千古未易的。

不可否認，今天是一個講究時效功益為上的時代，但我堅信時效功益並不是生活的全部；生活裡，有時須要撥出一些時間慢慢體會細細品賞，而《和泉式部日記》正是一本可以讓你細細品賞慢慢體會的書。如果你有一分這樣的閒情逸致，則和泉式部往昔的投注，及我當年的斟酌迻譯，將得到極大的安慰了。

藉此重新排印出版的機會，我將舊版中一些錯誤和遺漏修補過來；至於原有的代序及譯後記，仍保留在內。

一九九七年盛暑　謹記

和泉式部及其《和泉式部日記》——代序

《和泉式部日記》的作者和泉式部，是日本平安時代，與《源氏物語》作者紫式部，及《枕草子》作者清少納言，鼎足而稱為三才媛的女性作家。不過，關於和泉式部的詳細家世、以及生平傳記，也幾乎與其他二人同樣的，相當模糊不清楚。

和泉式部的生卒年既不可確知，關於其生平，日本學界的說法，也向來紛紜莫衷一是。據新近論文發表，推測其生年約在貞元元（九七六）年到天元二（九七九）年之間（說見小學館，「日本古典文學全集」《和泉式部日記》所附藤岡忠美解說）。

和泉式部出身於書香門第。其父大江雅致，在冷泉帝皇后昌子為太后時代，曾任大進（三等官上位）之職。其後，歷任木工頭、越前守等職。其母為越中守平保衡之女，曾仕昌子后為乳母，稱為介內侍。據《日本書紀》記載：昌子太后病時，移居於大江雅致的宅第（實則為其女婿——即和泉式部之夫、權大臣橘道貞之宅第），後遂崩逝宅中。可見得大江雅致家庭與昌子皇后的關係相當親近。由於和泉式部生長於這樣的家庭，一說以為她或者在少女時代即已出仕於宮中。

和泉式部的丈夫橘道貞，亦出身於郡守家庭。長保元（九九九）年二月，出任和泉守。平安時代，婦女仕宮，以父兄或丈夫之官職冠稱，故和泉式部之稱謂，即因此而得，至於其真實名稱，反而失傳。橘道貞頗受當時之權臣藤原道長重視，為其有力幕僚之一。和泉式部曾隨夫婿赴居任地和泉國（今日大阪府之一部分），二人並生育一女（即後之小式部內侍）。道貞出任和泉守，為期共四年（長保元年至五年），其首年，正值昌子太后逝世之年，道貞兼任昌子太后之權大進，故仍居於京都；其後，多在任地。在此兩、三年的分居時期，傳出和泉式部與冷泉帝三皇子——為尊親王的戀情。

為尊親王與和泉式部年齡相若，俊美而風流多情。他與和泉式部之間的戀情，大約維持了一、二年，但詳情不可得知；不幸，二十六歲而早逝，喧騰一時的愛情，遂告終止。和泉式部的丈夫橘道貞，於知悉妻子移情別戀後，憤然離去；她的父親大江雅致，也可能因此與之斷絕父女關係，而世人紛紛非難指責。和泉式部在孤獨與哀傷之中度過了一年。

次年，在為尊親王逝世周年的初夏四月，命運作弄，和泉式部又開始經歷另一次甜蜜而痛苦的戀情。她的新情人竟是亡故之情夫為尊親王的胞弟——敦道親王。敦道親王是冷泉帝第四皇子，當時二十三歲，約少於和泉式部兩歲或三歲。由於正任大宰帥之職，故世人稱其為「帥宮」。他的性格與為尊親王近似。其人多情、敏銳而易於感動；雖亦稍嫌風流好色，但頗饒詩才。先娶藤原道隆之三女，未幾，因妻子個性剛烈而離異。再娶藤原濟時之次女，亦為剛烈之婦人，夫妻感情不睦，家庭生活冷淡。

敦道親王與和泉式部相識後，愛情愈臻熱烈，而於同年十二月迎和泉式部入宅內生活。王妃憤然離宅，歸寧於其祖母之居所。至此，敦道親王與和泉式部的關係，乃為世人所知悉而再度喧喧擾擾，備受譏諷。在為期四年的戀愛生活中，他們二人出雙入對，但和泉式部寄居親王宅第內，其身分地位始終僅止於女傭之席而已。寬弘四（一〇〇七）年，敦道親王不幸亦以二十七歲之英年病歿。和泉式部再度喪失情夫，衷情哀慟可以想知。二人之間，似有一子（或稱「石藏宮」）。

敦道親王亡故後，和泉式部服喪一年，於寬弘六（一〇〇九）年四月，入宮仕彰子皇后，以其詩才甚受重視，也因先後與二位親王之間的愛情關係而被譏為「蕩婦」。未幾，與年長二十歲的藤原保昌結婚。保昌以勇武著稱，曾任肥後守、丹後守、攝津守等職，但二人婚後感情似不和睦。

和泉式部的晚年生活也十分曖昧不清楚，只能約略從她所遺下的和歌得知：其女小式部因難產而早夭，中年而喪女的母親之悲痛，於和歌的字裡行間流露著。這位一生生活在愛情的甜蜜與痛苦起伏之中的女作家，大約享年五十餘歲。

《和泉式部日記》為和泉式部記述她自己與敦道親王之間的戀愛實錄：起始於長保五（一〇〇三）年夏四月，當時喪失情人為尊親王近一周年的和泉式部正百無聊賴之際，忽接見故人的近侍小童，乃與小童侍的新主人敦道親王相識，而展開新戀情，其後約八個月之間，雙方互有百餘首情詩贈答往來，冬十二月，作者應敦道親王要求，移居其宅第內；翌年春，王妃憤而歸寧。日記內容所記，即為此段轟動一時的戀愛，為期十個月之事情經過，及歡愁感受。

日記內登場之人物，以男女二人為主，間亦有其周圍之人物若干而已，遠不如《源氏物語》的錯綜複雜；而在篇幅方面言之，亦不及《源氏物語》之長篇鉅構，甚至較《枕草子》為短製。然而，透過這樣一部分量比較單薄的日記作品，作者和泉式部展現了世間男女亙古不易的愛情實象。經由男女相互贈答的許多情詩，後世讀者遂得一窺戀愛之中的起伏感受：遲疑、不安、歡愉、熾烈、堅定、乃至嫉妒、落寞……。這些複雜而矛盾，快樂又痛苦的種種經驗，居然是不論時空如何不同，永遠能夠以其真實情感緊扣吾人心弦的。

和泉式部敢愛敢恨，特立獨行的個性與作為，甚至在男女關係相當開放的平安時代，亦不失為聳人聽聞、備受譏評的，而她所展現於詩歌文章的才藝與學識，也自有其超凡脫俗之處，這一點，可以從與她同時代的《源氏物語》作者紫式部在其《紫式部日記》內所記述的一段文字反映出來：

以和泉式部之稱謂而為世人所知者，較諸前文所述齋院中將（譯按：此段文字前有所承，係紫式部縱橫評論其同時代女性作者之文才），在文章方面有更優異的表現。當然，這位和泉也者，在男女關係方面，固有其不足稱道之處；但是，觀其寫給對方的詩文，倒是充分流露出其人才華，即使她隨興所至的遣詞用字之間，也都頗有可賞者。至於其所擅長的詩歌，雖然不見得是什麼十分了不起的傑作，有關古典的知識，以及理論方面，也都還稱不上是正格的詩人；不過，通觀其作品，於隨意談說種種之際，總有一些引人注目之處。只是，對於他人所詠的詩歌每好動輒議論，則又未必是能者流也。要之，可視為長於自然吟詠成歌之輩罷了，恐非令人肅然起敬之高手。

紫式部本身是平安時代最具才識的女作家，她對於《枕草子》作者清少納言，及文中另一位女作家齋院中將等，所做的評論都相當嚴厲。上引文字中，對和泉式部的詩文表現，雖亦有若干不以為然的評語，卻也可以看出她對這位「擅長詩歌」的同時代女作家的才華，有某種程度上的讚許。事實上，在《和泉式部日記》中，和歌所占的篇幅比例既大，而且其所具內容表現之意義與功能，尤其不可忽略。作者正以其「擅長詩歌」的長處，將自己與敦道親王之間纏綿情深的贈答之詩貫穿全書，記錄下那一段轟動一時的戀愛；而後世讀者，亦得藉由他們所留下的往來情詩，重新經驗並感動於古人的愛情歡愁了。

本書內容，大體言之，可分三個段落：㈠始於和泉式部與敦道親王戀情之產生，隨之而經歷疑慮不安的心理動盪時期（即文中之第一段至第十三段）、㈡十月十日之定情以來，至敦道親王提議要求和泉式部遷居其宅（第十四段至第十九段）、㈢十二月十八日之遷居，及其後種種（第二十段至第二十二段）。

在第一段落內，和泉式部以較少的散文記述，配合大量的詩歌贈答，表現出一面追憶亡者為尊親王，另一面又自然地展開對其胞弟敦道親王產生新戀情的女性的矛盾、不安與自責的複雜心理。在此段落中，愛情忽而上昇，忽而下降，反反覆覆，心理的起伏波動頗大。雙方的詩歌贈答，也充分表現出戀情尚未穩定時期的較含蓄而具有試探性口吻的傾向。在第二段落內，敦道親王既已得親芳澤，愛情漸形鞏固，雖世人對於女方之風流多情有所指責與譏評，但雙方來往的詩歌已呈現同心一體之穩定情況，屬於第一段落內的具有攻防應酬之作，遂亦不可再見。至此，男方邀請女方遷居入宅之念頭便自然而然產生。最後的第三段落文字最少，和歌贈答亦陡減，散文記述部分大量增加。敦道親王動搖不定之心態已消失，而轉變為可恃賴的保護者；但作者和泉式部那種屬於女性特有的內心憂慮，則依然綿延不可斷絕。

綜合以上的簡介可知，《和泉式部日記》是採用以和歌織入散文中的私人生活經驗，然而本書卻以其真實感人的內蘊、及作者優美的文筆，千年來在日本文學史上垂不朽之名，成為女性以和文書寫的日記文學的經典之作。

目次

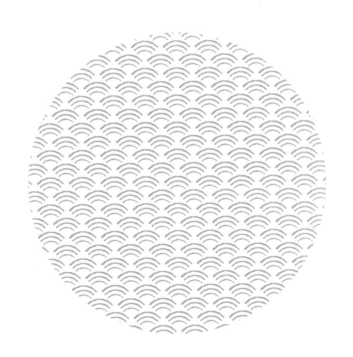

一、四月十餘日

追憶與期待

在悲歎著比夢更虛幻不可恃的世間男女情事之間[1]，竟度過朝朝暮暮，不覺已屆四月十餘日[2]，木下樹蔭漸呈濃暗了。土垣之上草色青青，他人或者未必特別注視，卻不由得依依眺望之際，忽察覺籬笆近處似有人影晃動。究竟是誰啊？正疑惑著，原來是那個曾經近侍過故親王[3]的小舍人童[4]哩。

正遇著深情幽思時候來到，遂令人傳言[5]：「怎麼許久都不見呀？總當著你是遙遠往昔的記憶依憑呢。」「沒什麼特殊的事情，便也不敢隨便來打擾。倒是近日以來經常來往走動山寺[6]，覺得自己無依無靠，百無聊賴的，所以就當做是先主人的替身，改伺候起帥親王[7]來了。」「好極了。聽說這位親王為人十分風雅，挺不容易親近的……。跟從前那位親王頗不太相同的吧。」沒想到，那童侍竟然答說：「話雖是這麼說，可有時也挺可親的，有一回還親蒙垂詢：『時常去拜訪嗎[8]？』聽小的稟報：『是偶爾也會去拜訪的。』便命令：『把這東西帶去餽贈，看看對方可有什麼感想沒有？』」說著，那童侍便獻上橘花一枝。遂不禁詠出：「懷故人兮[9]」之句來。「小的這就要回去了。不知道該如何回稟才好？」童侍在催促。這個當兒，若其採口頭傳言答覆，教人聽見，未免尷尬，但又豈能率爾作答呢？念及這位親王似乎還未嘗有什麼風流好色之傳聞，也許託帶些虛幻不可恃的東西[10]亦不妨，遂作答道：

託薰香兮誘人思，
子規頻啼音宛轉，
未知同否兮啟人疑[11]。

親王大概還在走廊邊上的吧，見童侍在那裡若有其事的模樣兒，遂迫不及待地逼問：「到底怎樣啊？」待覽得其所出示的信函，便亦立即書成一答歌：

同枝棲兮同根生，
子規鳴啼傳情意，
本自宛囀兮稱同聲[12]。

又頻頻叮嚀：「此事千萬不可同別人提及，怕人家會當做風流韻事看待。」說罷，引退入內。那童侍果然將回音拿來了。拜讀之下，衷情感動，但又覺得無須每次回應，便也不再作答。

可是，親王那邊倒是於贈答之後，又另外差送一首詠歌來：

率爾和兮傳情意，
只因道出吾衷心，
今日徒增兮苦歎事[13]。

本來就不是思慮深遠周全的人，又加上正逢著這一向以來過不慣的寂寞無奈，竟連如此一首無甚特色的詠歌都教人注目，便禁不住又寫出答歌送去：

曰今日兮增苦歎，

何如日日苦追思，
妾心傷悲兮更紛亂[14]。

平安時代婦女

箋註

此冒首之一段文字，將作者和泉式部喪失故情人為尊親王之哀傷，與季節遞換重疊配合，道出女性特有之纖細感情；另一方面，又展開本日記之重心，與故人之弟敦道親王之關係。

1. 夢，原本不可依恃，而世間男女情事（原文「世事」，表面指世間人事，實則特重男女情愛而言，故譯文採適度之增添，以求明白）尤甚不可依恃。此指作者與前年六月十三日亡歿之為尊親王間的戀愛而言。
2. 長保五（一〇〇三）年初夏四月。為尊親王之亡歿亦在晚夏六月，故作者心中陡興季節雖更替循環而人死不可再生之慨歎。
3. 指故為尊親王。為冷泉院（日本平安朝皇帝，九六七—九六九年在位。皇帝遜位，稱「院」）第三皇子，以風流多情聞名，二十六歲病歿。

4.仕貴族任雜役之男童。

5.平安時代，階級意識分明，貴族婦女與下層役侍，不可直接言談，而令近伺女侍居中傳言。

6.山寺，蓋謂參拜之，以為故主人為尊親王祈冥福。

7.指為尊親王之胞弟敦道親王。為冷泉院第四皇子，時任大宰帥，故稱「帥宮」（當時人物指稱，皆依職稱，不直呼名字）。

8.此敦道親王問童侍之詞：謂是否經常往訪和泉式部處。古代日文往往省略主詞及賓詞，須視其上下文而定之。

9.此《古今和歌集・夏》無名氏作和歌：「五月屆兮橘花香／嗅此花香憶難忘／遂懷故人兮袖間芳。」敦道親王送橘花於女方，蓋即取古人嗅花香緬懷故人之意：一方面用以安慰悼念亡兄之女心，另一方面亦藉以暗示自己情意。

10.此指和歌而言。作者或意識到和歌贈答應酬具有虛構之意義；但本書中共有和歌一百四十二首，比例頗鉅，且具有互表情愫之功用，故此處稱「虛幻不可恃」，亦或者有反言之義。

11. 女方謂：敦道親王贈橘花，其薰香固令已思念故人，但未知身為胞弟之心（此緣季節，故託子規啼聲，委婉表意）與其亡兄同否？

12. 男方答歌沿女贈歌而來。謂兄弟本是同根生，如子規同枝條而啼鳴，其聲（心）本同也。

13. 敦道親王見女方不作答歌，更贈此首和歌以示情愫。謂悔將衷心真情和盤托出，今日徒增添心亂悲歎也。

14. 此女方受歌作答之詞，亦沿男方贈歌而來；謂較諸今日一日之苦歎，則已日日追思故人之悲苦更濃厚可以想見也。

二、兩情相悅

戀情與自省

爾後，親王方面屢屢有信函寄來，這邊便也時時奉上答覆。寂寞和無聊，也得以稍稍寬慰。又收到來函。字裡行間，似較往時更為細膩委婉：

「倘相會兮得交談，
或將稍慰君心意，
切莫見棄分謂不堪[1]。

想同你深談，未知今宵方便與否？」內容如此，遂修書稟報：

「蒙君憐兮垂憫許，
衷情實悲人誰知，
唯恐身微兮不堪語[2]。

所謂『蘆葦生[3]』，只有飲泣而已。」

親王想趁人不備之際悄悄暗訪，白日裡便用心計畫種種，召來平時伺候擔任送取信函類差使的右近尉，告以：「想要微行暗訪。」那右近尉立刻便悟得：必然是那一位之處無疑，乃遂追隨伺候。所乘坐的是簡陋的牛車。到達後，令那右近尉相報：「如此這般來拜訪了。」女的[4]雖然感到十分困擾，卻也不便斷然回絕說：「不在。」何況，晝間才給人家回過信函的，自己明明是在家，要趕人回去，也未免太過無情吧。心裡想著：若只是談談話，應該無妨吧；遂令人在西側廂房的妻戶[5]挪出圓墊[6]，請他就在那兒坐著。不知是平時常聽世人傳說的緣故嗎？覺得那容貌可真是出類拔萃，俊美極了。於是，在感歎驚異之中，閒談種種間，不覺得月亮已出來了。親王趁勢說：「這兒未免太光亮了。我這人挺古板，平時深居簡出的，不太習慣在這種靠外處坐著，覺得十分不自在。讓我移入到你的身邊吧。我可絕不會像你以前見過的男人那樣子。」聽他這麼說，不覺得便接口而言：「喲，這是什麼話呀。人家還以為只是今晚上談談而已；說什麼以前如何如何，不知道究竟指的是什麼啊？」這般虛誑地閒話種種之間，夜已逐漸深沉。想到難道就要這樣虛度今宵，親王乃稱道：

夜漫漫兮夢無由，
如此良宵倘虛度，
後日閒談兮將何修[7]！

遂答以：

「夜漫漫兮寢難安，
悲苦妾身袖常濕，
夢亦不成兮自心酸。

更何遑論及其他[8]……。」未料，親王卻稱：「我本不是可以率爾出遊的身分，如今就

妻戸、平安朝貴族

算是被你怪罪輕舉妄動，也沒有辦法。可惱這深情竟是如此難以抑制啊。」說著，便悄悄地溜進屋子裡頭來。

於是，虛誕地約誓種種[9]，天既明，便返歸去了。卻又立刻遣人送信[10]來云：「別後不知如何？我心激越，不可思議。」又有和歌：

戀歟愛兮情難辨，
莫謂世間尋常歡，
吾心今朝兮忒綣繾。

便也贈以答歌：

世間歡兮豈如斯？
妾心今朝誠激越，

始知情思兮總是痴。

回完了信以後，卻又不禁自省：怎的竟變成這般遭遇啊。那位故去的親王不也是曾經如此情話綿綿相對嗎？正心情傷悲、思緒紛亂之際，前次那個童侍又來到。不知是否又帶信函來了嗎？不由得暗自揣度起來；卻不如所料，遂難免有些失望心憂。唉，這般心境，豈不真箇風流多情啊。

趁著童侍要回去，託他捎去一首和歌：

倘期待兮總難堪，
今日黃昏心未定，
莫非衷情兮盼信函[11]。

親王覽信後，心裡雖然十分憐憫不忍，但他原本不習慣這類的夜出偷情；再說，他與夫人之間的感情雖然並不像一般夫婦的和睦[12]，如果夜夜出遊，必然會引起疑心；又或者是念及：故親王到臨終時還曾遭受種種非難[13]，也都是為了這個女人的緣故，便也不得不稍加收斂的吧。不過，追根究柢說來：恐怕還是因尚未真正把女的放在心上之故吧。遷延到天暗時分，才有回音：

「何煩稱兮倘期待，
且須直言莫迂迴，
定赴君宅兮不遲悔[14]。

想到你以為我用情浮泛，未免傷心遺憾。」收到這樣的信，遂回答道：

「雖如斯兮心緒安，
總因昔緣尤可恃，

遂得告慰兮影孤單[15]。

不過，話雖如此，慰藉之辭，仍是可安慰『猶露之命[16]』的。」

親王一度實曾有意出訪，但他終究還是未諳此道者，頗有些遲疑猶豫。這其間，又已過了幾日。

箋註

此段表現作者對亡故的為尊親王雖仍有深刻的追憶之情，卻又禁不住地對於其胞弟逐漸產生新的戀情，兩種不同的感情交互存於心內。與敦道親王定情相契之際，女方處於被動之勢，既自省又添增一層更強烈的感情，微妙的心理變化，值得注意。至於敦道親王方面，世人對女方多情的謠傳，實為導致其採取行動之原因。

1. 敦道親王以此和歌試探女心，謂若得見面交談（語中含有枕邊細語、求愛之口吻），或者可以安慰其悼亡之情，並盼望女方切莫以己為不堪交談而見棄之。

2. 女沿男方來歌所稱：「謂不堪」，而予以巧妙轉變，謂己雖愁苦，唯恐身分卑微，不堪蒙受交談也。

3. 此引《古今六帖・三》赤人和歌：「身自憂兮何足言／猶似蘆葦生風裡／颯颯飲泣兮處中原。」又「蘆葦生」日語與「老者足」諧音。作者引此句，旨在表示：己身已老，逢悲唯有飲泣如風中之蘆葦罷了。

4. 原文本簡稱「女」。古代文中稱主角為「男」或「女」，往往限於愛情主題高揚之時。本書中稱女主角為「女」，於此首見。又由於《和泉式部日記》中，作者稱己為「女」，且雖云日記，行文頗類小說，故後世遂有「他人代作」之說。

5. 「妻戶」採直譯。為日式建築物主屋四隅出入口，門有左右二片，開向外方。

6. 原文作「圓座」。為以麥草等植物之莖編成圓型之坐墊，本非用以接待身分高貴者之墊席。

7.此親王邀女同床共夢之和歌。謂：如此良宵倘虛度，日後將有何因緣可承修？日語「閒談」稱「世語」，與「夜語」（即枕邊細語之義）諧音。

8.此為女拒親王求愛之歌。謂：夜夜追憶故為尊親王而寢難安、夢不成，袖裾常為淚水所濕，更遑論「閒談」（夜談）云云。

9.此暗示男女之契合。枕邊情語與約誓種種，對於女方而言，無非虛誕之愛情也。

10.日本平安時代，男女幽會契合，男方於歸宅後，隨即寄情書（稱為「後朝之文」）於女方。此為當時一般習俗。

11.此係女方稍表怨懟之歌。謂：倘若真正期待情人來臨，總不免於盼望之難堪，而今日黃昏因事與願違（暗指未得進一步之情書），遂覺心緒不寧也。

12.敦道親王之夫人為大納言近衛大將藤原濟時之次女，以其個性剛烈而好強，夫婦相處感情不睦，事詳後文。

13.一說：為尊親王因熱戀和泉式部，妄顧當時流行瘟疫，時常夜出幽會，遂致英年早逝。

14.此敦道親王受信後，反狡辯怪責女方迂迴稱道「倘期待」云云，而未直言衷情盼望，否則定當往赴女處也。

15. 此女得信後，強自辯解之歌。謂己雖獨處而仍不致心緒煩亂難安者，以與故人（為尊親王）宿緣尚可恃賴之故也。原詩含意簡單。譯詩末句為補足形式而設。

16. 此暗引《後撰集・戀六》無名氏作：「盼慰藉兮言如蜜／倘未蒙君寬慰詞／命猶露珠兮易消失。」女於和歌剛強之詞後，復淡淡暗示其指望敦道親王柔語相慰之旨。

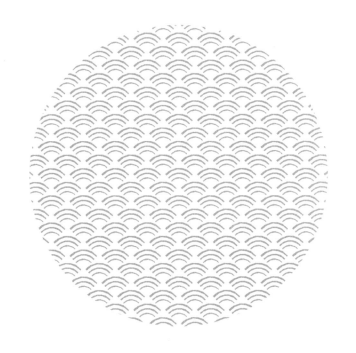

三、四月至五月

偷情

晦日這一天[1]，女的有和歌一首奉上：

子規啼兮聲似君，
忍音只緣恐驚世，
今日既過兮幾時聞[2]？

但是，當時周遭有許多人陪侍，所以不便請他過目。翌晨，遂再伺機獻上。親王覽見後，先有回函：

忍音啼兮子規苦，
願得高聲枝上鳴，
自今而後兮請聞取[3]。

然而，過兩、三天之後，親王依舊是偷避世人耳目來訪。女的本來正值預備參詣寺院而齋戒修行之際，何況，既然相隔如許之久，心想：大概是愛情不夠深厚的緣故；便藉故修行佛事不予答理。如此過了一夜，到天明。翌晨，返回宅第的親王有信送達：

「真箇是領教了奇異的一夜」云云，又有和歌：

「真奇妙兮甚怪異，
如此情道未嘗知，
雖云重逢兮猶未至[4]。

委實令人奇怪遺憾。」想到他不知有多麼委屈遺憾，便又禁不住地不忍之情油然而生，遂稟報以：

「夜夜思兮思無限，

輾轉反側因愁多，
何嘗一夜兮闔得眼[5]。

這對於我來說，可一點也不怪異。」

次日，親王遣人捎信來稱：「你可是真的今日要去參詣寺院嗎？然則，何時才要回來呢？這趟必然是教人更加焦慮不耐等待的吧。」於是，先奉上回函：

「五月雨兮細綿綿，
綿綿梅雨有時盡，
今宵切行兮莫遷延[6]。

盼能體會此心情。」遂前往參詣寺院，經三日許歸來。未料竟收到親王的信，道是：「等待又等待，十分焦慮不耐，想前往拜訪，又有前次教人尷尬的經驗，不免憂心醜覷，怕再度遭受那種難堪的待遇，不覺得疏遠起來。近日以來：

度日日兮欲相忘，
忘君實難虛度日，
今日更戀兮敗情場[7]。

此情匪淺，請予諒察。」乃回覆云：

惜片紙兮無隻字，
所謂敗情孰當真？
一函未獲兮寧啻賜[8]！

親王又照例偷偷來訪。女的可萬萬沒有料到，何況，又因為這幾天以來的佛事修行而感到相當疲倦，正在那兒打著盹兒，所以敲門都沒有聽見。如此一來，由於曾經風聞過一些謠傳，便以為必然是有什麼男人在裡頭的吧[9]？故只好悄悄地返歸，翌晨才差遣人送信函：

「為佇立兮木門口，
徹夜不啟奈若何，
乃見君心兮不可叩[10]。

所謂戀愛愁憂者，蓋即是指此的吧。」女方讀此，方始悟知：大概是昨夜枉駕來訪過了，怎麼自己竟然大意睡著了呀？於是，趕忙修成覆函：

「木門閉兮既已鎖，
無人得入乃常情，

稱憂道愁兮實不妥[11]。

何以會有如此奇特的想像呢？恨不得『倘得展現[12]』啊！」親王本欲今宵再度出訪，無奈周遭人人[13]都勸阻；而且，又怕此類偷情幽會，萬一若是傳到內大臣[14]，或是東宮[15]等人物耳裡，恐怕會教人看做輕率之行為，便也就只好自我抑制著。這其間，不覺得竟過了很長一段時間了。

箋註

由於對敦道親王的愛失去信心，女方藉故參詣寺院，又對其採取冷淡的態度。親王則受此冷漠待遇，反而又轉為比較積極的態度。此段文字藉許多詩歌贈答為重心，表現出戀愛中男女的複雜矛盾心理狀態。

1. 指農曆四月三十日。

2. 此為女思戀邀約之歌。謂子規忍音未敢暢啼，只緣恐怕驚動世人。但四月即將過去，何時再得聞其聲耶？日語「忍音」與「忍寢」（偷情幽會之義）諧音。

3. 親王答歌。謂子規（喻己）前此忍聲偷啼，實有不得已之苦衷，但願自今日（五月一日）而後，得隨心高歌歡唱（指願不避世人耳目與女相會），請女方聞取其聲也。

4. 親王因夜訪未得遂其與女同床共枕之夢，遂作此歌揶揄。謂情道上雖重逢而猶未至，為己所未嘗經驗知悉之事也。

5. 此為女答敦道親王責怪「奇異的一夜」云云而作。謂己愁思無限，何嘗一夜得安穩闔眼也。歌中既含對為尊親王之追憶，又含對敦道親王之思念，感情相當矛盾複雜。信末謂「不怪異」，則指女方夜夜不成眠，已習以為常，以答覆男方信與歌中一再強調的「奇妙」、「怪異」（指空度良宵而言）等詞。

6. 女因時逢五月梅雨季節，乃作此歌以為喻。謂綿綿細雨有盡之時，而己思念故為尊親王之傷悲亦或可望停止，然今宵仍將行詣參拜，以悼念亡人也。此詩歷來解者多持歧見，今姑從小學館本註。

7. 敦道親王於虛度一夜後，復又等待二、三日，戀情愈形熾熱，乃作此歌以示：己雖欲度日日以忘思女之情，而今日終於戀情高漲，遂為情場敗者也。

8. 此女方諷刺之歌。謂既稱「敗情場」云云，則何以不見片紙隻字，如何可信其言也。

9. 當時世人謠傳和泉式部之風流多情，故如此直道。

10. 以木門不啟，喻女心扉緊閉。此敦道親王造訪不得其門而入，遂怪之之歌。

11. 女作此歌以示己心扉緊閉，任何男子不得闖入，猶木門之深鎖也。

12. 女方怪責敦道親王輕信謠言，故引《拾遺集・戀一》無名氏作和歌：「人誰知兮君未曉／倘得展現我衷心／寧復稱憂兮怨可了。」以證己衷情坦然也。

13. 指近伺之侍從乳母等人。

14. 藤原公季。為敦道親王生母超子之舅父。

15. 即敦道親王之同母兄居貞親王，後即位為三條天皇。

四、寂寂梅雨時

厭世之思

梅雨綿綿地下著，幾日以來，十分寂寂無聊。女的正望著似無意放晴的雲間，墜入無盡的緬想之中：究竟自己的身世命運會有怎樣的變化呢？對自己寄情投意的男子倒是很多；可是，如今已經不願意再動什麼情思了。世間人士卻彷彿仍是議論紛紛。這就是「只緣有身[1]」之故啊！正這般思想度日之間，忽接得親王慰問：「如此雨季寂寂，不知如何度過日子」云云之信，又有和歌託附著：

此梅雨兮人或思，
綿綿無盡乃吾淚，
思君戀君兮化若斯[2]。

見此作不失靈巧地扣緊時季而發，因此頗受感動。也因為正值深思種種之際，受到這般深情的信函與詩歌，遂亦書成一首云：

君慕儂兮竟未覺，
細雨連綿無盡時，
身自悲泣兮謂撲朔[3]。

書寫完畢，將一枚信紙摺反過來，復[4]寫道：

「愈閱世兮愈知憂，
今日長雨成洪水，
願身逐流兮忘鬱愁。

未知何處是涯岸[5]？」

親王覽讀後，立即有回覆：

「何所思兮何愁慮，
捨身豈容得輕言，
雨豈獨降兮君住處？
世間誰人不憂愁耶[6]。」

箋註

此段因值梅雨季節的寂寥細想，而產生厭世逃避人間的念頭，卻又適時接獲敦道親王慰問之信函，而心生感激之情。此種忽悲忽喜的感情起伏變化，或者也是受到前段文中敦道親王久久未來訪，以及既訪而陰錯陽差未得相會的事實影響所致。

1. 此語引用《拾遺集・戀五》無名氏作：「願藏身兮匿行跡／人生實苦悲難當／只緣有身

兮世間客。」謂近日以來種種悲苦，被人議論紛紛，實因有吾此身之故，遂心生厭棄世間、想逃避現實之心。

2.此敦道親王於離別一段時日後，託梅雨表深情之作。謂人人或以尋常梅雨看待此雨，但綿綿無盡之細雨，正乃己思戀女之淚水變化而成也。

3.女方讀親王來函及和歌，乃答歌謂：未察覺此梅雨綿綿係彼慕己之淚水，竟以為此身悲苦泣啼若斯也。

4.當時書寫用之信箋係採用薄紙重疊二、三張。此段原文並無「復」字，但揣摹文意，當是女方於受信後，感懷特深，於一首答歌之後，覺意猶未盡，故反摺其中一張信箋，復加書寫也。

5.女悲歎身世之歌。謂經歷世事愈多，愈知人生憂愁多，遂萌生奇想，盼今日之長雨變成洪水，而已將逐流長逝，以忘卻此憂鬱也。復加按語：謂不知何處是拯救自己的涯岸（此「岸」字，隱含佛教「彼岸」之義，故亦暗示其出家以求解脫之志）。

6.敦道親王得女厭世之答歌，乃作此歌以寬慰之。謂細雨普降，豈獨降於君住處？如何得輕言厭世捨身耶。

五、五月五日時分

親王的猶豫

時屆五月五日。雨仍繼續降未已。親王於覽閱日前的回音後，有感於其中較往時更為沉重的愁思，不由得心生憐憫之情，便在豪雨之次晨，遣人捎信來云：「昨宵雨聲忒驚人，未知如何自處？」乃遂亦修成覆函：

「夜深沉兮情盈盈，
通宵不眠思底事？
聽雨蕭蕭兮打窗聲[1]。

雖居室屋宇內，竟濕之如許。」未料，親王覽此，覺得此女果然不同凡響[2]，便又再賜回覆：

吾亦感兮此雨聲，
君既獨宿乏人伴，

未知衷情兮究何驚[3]？

近午時分，傳聞賀茂川[4]的河水漲了。人人都趕往觀看熱鬧。親王亦趕去觀看，隨後寄贈一函：「未知現今如何了？我亦曾前往觀看那水勢。

水大漲兮沒涯洲，
猛勢盈滿似難比，
吾情尤深兮勝一籌[5]。」

對此歌之答覆如此：

「云何情兮似水深，
深情縱若水沒岸，
料亦難得兮來訪今[6]。

信使

徒然言談又如何！」

親王本已決定要出訪，正令侍者為衣物薰香，未料侍從乳母[7]參上，進言道：「出門究竟是往何處去啊？人人都在謠傳說您出訪的消息呢。那一位呀，聽說可不是什麼身分特別高貴的人家；要嘛，召她到這兒來做女房[8]算了。看您這樣子輕率地出遊相會，挺難看的，尤其她那裡呀，是很多男子喜歡進出的地方；就怕您惹出什麼麻煩事兒來就糟糕了。這類不好的事情，都怪右近尉[9]那傢伙帶頭的。瞧，故去的親王，不也是他帶路走訪的嗎？徹夜通宵地出遊，怎麼會有好事兒呢！他若是再這樣陪您亂遊，可別怪我去稟報主上[10]哦。如今的朝廷，也不知是今日還是明日會發生變故，主上的心裡也早就有安排的[11]，沒等到世局穩定下來，可千萬別再這麼到處走動才好。」

親王聽此，遂答說：「這哪是到什麼地方走動呢。只不過是閒得慌，隨興逢場做戲罷了；真用不著世人大驚小怪多議論啊。」他口上這般辯說，可心中也有些念頭：這女子確實不是什麼身分高貴的人，然而卻也不是泛泛不足道者流；是否索性將她接到家中來呢？不過，旋又想回來：果真這麼一來，豈非更要教人惡言譏評嗎？如此胡思亂想之際，二人之間遂漸形疏遠了。

箋註

前文第三段先寫敦道親王前夜訪女卻未得其門而入，乃懷疑是否另有他人來幽會；可見二人之間感情尚未穩固。此段又既受阻於乳母規諫，便猶豫未決。親王這種易受外力動搖的個性及行為，實種因於世人譏評女方為風流多情之故。

1. 女感動於敦道親王之情，故答稱：一夜不眠，除君而外思底事。末句襲用白居易〈上陽白髮人〉詩句：「耿耿殘燈背壁影，蕭蕭暗雨打窗聲。」至其後文，則沿此白詩而來，暗示身在屋宇之內，而淚下如雨也。此又暗引《拾遺集・戀五》紀貫之所作和歌：「未肯停兮雨蕭蕭／雖居屋室袖為濕／底事傷情兮守長宵。」

2. 指其通曉漢詩和歌之才而言。

3. 此敦道親王憐愛同情之歌。原文多處採音義相關之妙趣，惜譯文無法兼顧。

4. 原文僅稱「川」，實指京都市內南北流之賀茂川，故酌予增字。

5. 此敦道親王藉當時賀茂川水漲之現況，及時表情之歌。謂大水雖漲沒涯洲，但若與己思慕女之深情相比，則猶不及也。

6. 此女既感激又覺無助之心語。謂雖獲表示情愛比水深之歌函，但以男方之處境，諒亦未必能相思便即刻來訪；故後又附言：徒言又如何也。

7. 姓名未詳。自下文判斷可知，蓋為敦道親王幼年以來照料其身邊瑣事之婦人。

8. 「女房」為日本古代婦女仕宮廷或貴族之職稱。

9. 為敦道親王之忠實貼身近侍。

10. 指當時的左大臣藤原道長。其長女彰子，嫁一條天皇為后，遂得攬朝政大權，唯因彰子后未生皇子，為鞏固其權勢地位，遂欲拉攏最具有皇太子候補人選資格之敦道親王；而與其乳母與宮中接觸頻繁，故有此說。

11. 蓋指藤原道長擬以敦道親王為東宮候補人一事而言。

六、月夜車行

熾熱的情

親王費盡了心機，好不容易才駕臨。「連我自己都深覺得不好意思，這一陣子可真的久違了。請千萬不要認為我冷漠待你；其實，這也要怪你的啊[1]。很多人以為我這樣子常常來這兒造訪，挺不合適的，害我也十分困惑起來。再加上，想極力迴避世人耳目，不知不覺間，便也經歷了這麼些個時日了。」他這般誠摯細膩地解說著，又派遣車輛來迎道：「來吧，就只今宵。有一處別人都不知曉的地方，咱們可以從從容容盡情地暢談。」給他強迫拖拉上車，便也就迷迷糊糊地真坐上了車。會不會有人曉悉呢？衷情就是這般擔心著，好在夜已深沉，也沒有人知曉。忽而，車在某處沒有人蹤的渡廊[2]停靠。親王自己先下了車。當時月光十分明亮，「下來呀。」禁不起他執拗的催促，只好心驚膽顫地下車。

「瞧，這裡不是一個人也沒有嗎？以後咱們就找這樣的地方聊天吧。在你家裡，總教人提心吊膽，怕會撞見什麼人，所以難免也就會有所顧忌[3]。」如此這般云云，細膩言談之間，而天已亮。親王傳呼車輛來接，勸女的上車道：「原本是想要送你回去的，只恐怕這麼一來，遷延種種之間，天竟已大明，給人看出曾出遊外宿，那可就不妙了。」於是，他自己便在那裡住將下來[4]。

女的則不免歸途上一路思念著：這般不成體統的幽會，不知道別人會怎麼看待啊。旋又回想起天明時分離去的情人，那模樣兒真箇出類拔萃，有一種無可比擬的俊美，遂詠成一首：

「曉之別兮最傷悲，
寧教夜夜遲歸去，
豈忍令君兮晨早離[5]！

妾心悲苦啊。」

「踏朝露兮晨曉歸，
雖云傷悲總欣慰，

孰如長夜兮扣門扉[6]。

我可不依你的說詞。今夜趕巧你家當著忌避的方位[7]，沒法子住宿，容後再來迎接吧。」

親王如此答覆。哎呀，多麼難看啊，夜夜如此，可怎生是好！心裡頭雖然這樣想著，無奈他又像昨晚上那樣子乘車來到，並且逕自將座車停靠過來，一個勁兒催促道：「快點兒，快點兒。」真是難為情啊。雖是這般懊惱著，卻也不得不慢吞吞走出屋子，跟著他到昨夜那個地方去相談。

夫人大概是以為他到院上[8]的宮邸去的吧。

天已明，親王囁嚅而道：「鳥聲悲兮[9]。」於是，悄悄地同車相送。途中還相邀約道：「爾後，若得著這樣的機會，請定必要再來啊。」可是，這邊卻只能回答：「怎能夠老是這樣子呢。」車子抵達住宅後，親王便回去了。稍頃，有信函寄達：「今晨為鳥聲所驚醒，恨不得將牠殺了。」有鳥羽繫在文章裡，又有和歌一首附託著：

恨未能兮殺此雞，
只緣一聲催人別，
最是可惱兮今朝啼。

回函如下：

「何等悲兮儂最曉，
夜夜空待至天明，
聲聲雞啼兮耳邊遶。
請想一想，怎能有不憎恨的道理呢。」

箋註

敦道親王被乳母規諫，傳聞女方的風流韻事謠言之後，情愛反為陡增，乃有月夜同車而行之浪漫舉動。此事更成為男女雙方愛情之信誓，往後日記中屢見提及。

1. 暗指女方男友甚多，如乳母所言。
2. 連接二建築物的走廊，與今日走廊略異，設有屋室者。此蓋帥宮（或東三條南院，又一說為冷泉院南院）之中，未被使用之處。
3. 敦道親王將乳母的規諫，巧妙地轉變成為女方每多會見男子之藉口。
4. 謂停留此南院也。
5. 此和歌中一方面表示曉別之悲苦，另一方面亦暗示類似此種外宿，下不為例之決心。
6. 敦道親王此答歌云：晨起曉別雖傷心，然較諸夜訪不得相會而徒然歸去為佳也（暗指前此造訪未遇一事）。

7.陰陽道俗迷信，宜避天一神及太白神等方位。此蓋指女家處親王邸當避之方位也。

8.此為女方揣度：親王之妻子或者會以為自己的丈夫是住宿在其父冷泉院（遜位帝王之稱）的宮殿。此句中包含有作者「作賊心虛」之心理狀況。

9.此引《古今六帖・五》和歌句：「愛兮戀兮兩情濃／相會夜少恨時過／曉鳥聲悲兮傷心胸。」此種戀愛期中男女依戀不忍曉別之心理，各國頗有詩歌留存，如我國《詩經・齊風・雞鳴》：「雞既鳴矣，朝既盈矣。匪雞則鳴，蒼蠅之聲。」

七、親王的疑惑

愛與不信

二、三日後，月色分外明亮的夜晚，正在靠外處端坐著望月，忽接到親王送來信函道：「未知如何自處？可亦正在賞月[1]否？」

吾心悲兮君豈同？
月落山崖已望久，
思君長歎兮憂忡忡[2]。

這信與歌詞較諸往時更饒深味，而況，又正值掛慮著：在親王宅第那月明之夜，不知有無人窺見？遂即修成覆函：

今宵月兮同彼夜，
心思恍惚望天邊，
目光空洞兮無所藉[3]。

詠畢，依舊孤單地望著月亮，不知不覺間，竟也徒然到了天明。次夜，親王其實確曾駕臨過，而女方竟未察覺。由於宅內各屋都住著人，又各自有人來訪，頗有些車輛停駐著[4]，故令他不禁起了疑心：有車輛，大概是什麼人來訪的吧。他心中雖然十分不悅，一時倒也沒有念頭要與之絕交，遂只是修成文函送達：「昨宵曾往拜訪，你可曾聽說未？或者連這訊息都沒有察覺到嗎？念及此，實在令人傷心遺憾至極！」內更附有和歌一首：

松山波兮莫測高，
百聞實不如一見，
今日凝睇兮最難熬[6]。

時值下雨之際。女的百思不可解：是不是有什麼人對他講了什麼子虛烏有之事呢？遂將疑惑寫成一首歌：

君聲譽兮實相聞，
道何松山波高浪，
孰敢跨越兮情紛紜[7]。

親王對於那一夜的事情，久久不能釋懷於心，便也許久不肯再賜音訊。其後，乃有一首和歌寄達：

既怨懟兮復愛戀，
思君萬般情難消，
無暇他顧兮總念眷[8]。

不是不想回函解釋，只恐怕徒然增添誤會，以為強自爭辯，遂覺得羞愧又遺憾，只得修成一函：

重逢否兮未可期，
縱使今後不再會，
亦莫相恨兮增歎悲[9]。

箋註

前夜月下同車行，成為二人愛情的回憶。不過，親王來訪，誤以為女方另有男友來幽會，遂對女有誤會。親王對女的感情，在愛與不信之間來回動搖。女方則無法令親王的誤會釋疑。敦道親王對女剛剛穩固的愛情，又因為世人對女風流多情的謠言而受影響。

1. 此處「賞月」云云之詞，與前夜月下同車行相關。
2. 此敦道親王望月思佳人之歌。旨在提醒前夜月下之會也。「月落」，一本解做「月出」，今從小學館本註。

3.女答歌謂：今夜之月雖同彼夜之月，唯己心思恍惚未定（暗責親王未肯再幸臨），故目光亦空洞，暗淡無所假藉也。

4.和泉式部蓋與眾姊妹同住，而當夜眾女蓋亦各有情人來訪，故頗有車輛停靠院中也。

5.「人」謂男人（情人）。

6.此敦道親王責備、並揶揄女風流多情之歌。謂雖早已聞知有關女風流多情人之事，而昨夜突訪，見有訪客車輛始信之。「松山波高」云云句，乃暗引《古今和歌集・東歌・陸奥歌》：「等待君兮亦徒然／相思濃時轉多苦／松山波高兮情嬋娟。」又歌中「凝睇」一詞，日語音同「長雨」，故又與當時降雨之景巧妙配合，而下文則又有「下雨」云云之文也。

7.女受親王揶揄之歌，乃反唇相譏道：親王您的浪情聲譽，己亦早已相聞知，如今何故反譏我為「松山波高」云云（豔事多），誰人敢更與你相較善變之心啊！

8.此敦道親王於故意冷淡一段時日後，終於不禁吐露真情之歌。謂己對女雖愛恨交加，而情愛徒增，無暇顧及他事也。此歌詞中多引喻及雙關語，惜譯詩無法完全兼及。

9.此女懇求莫以相恨絕交為二人關係終止之歌。謂今後是否能得重逢？雖未敢期許，然縱令不再相會見，亦莫使造成以互相憎恨為終曲，此為真可悲歎之事也。

八、親王來訪

再次的愛與不信

此後，二人之間仍然是疏遠的。一個月明之夜，伏臥著，心中正誦念「可羨明月[1]」之句，眺望那清輝，終於禁不住給親王寫了一首和歌：

獨望月兮陋室中，
不見來訪常寂寞，
誰為傳告兮儂心衷[2]。

便令樋洗童[3]為使：「把這個拿去交給那右近尉吧。」當時親王正值召眾人在座前閒談之際，覽得右近尉所出示的信函，遂即命令：「像往常那樣，給我準備車駕。」於是，便來到了。

女的仍在靠外處賞月，感覺有人進來，乃連忙垂下捲簾。親王與往日所慣見的略略有別，他穿著一襲漿糊已褪、服貼柔順的直衣[4]，看來反而十分俊美有致。他站在那裡，並不言語，只是將信文放置於扇面上[5]，又傳令右近尉代言道：「那當差[6]的沒來得

平安朝男子直衣

及取就回來了，所以……。」遂將那覆信出示。女的想要開口說話，但因距離稍遠，有些不方便[7]，遂亦逕自移出扇面以取信文。親王有意要進入女家居所。他在屋前美麗的花草叢中漫步，口中誦詠著：「人如露水點草葉[8]」的詩句。那風度翩翩，委實妙絕人寰。爾後，他靠近來說：「今晚就此回去吧。我本來是想來探探看，那一夜的車輛究竟是誰人偷偷來會的。明日恰值忌方位之日[9]，不在家中，也會啟人疑竇哩。」說罷，就要回去。乃情不自禁詠出：

試為降兮雨其霖，
明月行空不稍駐，
盼得留影兮宿此陰[10]。

見女的居然較眾人傳說為更天真稚氣，因而心生憐愛之情。親王也情不自禁地輕喚著：「卿卿」，遂進入房間裡。稍事逗留後，於離去時吟詠道：

情難禁兮意難忍，
雲間月光迫人離，
身雖出行兮心駐引[11]。

待人兒歸去後，女的方始拿起親王先前留置的信文。那上面書寫著：

君望月兮謂思吾，
歌詩表意情深厚，
前來探看兮真誠乎[12]。

他委實是一位出類拔萃的人物；無論如何，得要想法子來扭轉他誤會我為素行不良的傳聞才好。心中不由得產生此念。

親王那邊呢，也正認為此女頗有些與眾不同，是談心寬慰寂寥的好伴侶。然而，偏不湊巧，周遭人人[13]卻在那兒紛紛傳說：「最近，聽說源少將[14]走動得很勤，竟連白天也在那兒哩。」更有人稱：「據說，治部卿[15]也在那兒呢。」既然大夥兒口口相傳，親王心中便也再度對女的產生輕薄厭惡之感，因之久久也不見信函詩文相贈了。

箋註

敦道親王對於女方的不信與煩憂，因得一函而驟變，乃遂急急造訪，猶如償還許久以來對女的疑慮與疏遠。二人之間的感情亦自然再次高漲。但周遭人多嘴雜，謠傳女方風流多情，便又再度陷入對女方愛情的不信任。

1. 句出《拾遺集・雜上》藤原高光作和歌：「經歷多兮知世愁／悲歡哀樂常變化／可羨明月兮進不休。」
2. 此女投歌以示渴望親王造訪之歌。謂己獨處陋室望月，不見情人來訪，心中悲寂，將不知託誰傳告也。

3. 專司清潔浴具、便器等雜役之下司童侍。

4. 直衣為平安時代貴族男子家居衣服。洗濯時加漿糊使硬挺。此處稱漿糊褪去，變得柔順服貼，蓋指其穿著已久；更進而表示：親王得女信，即急忙來訪，未及更換衣裳，以見其相思之情深也。

5. 當時信函等文件受授，往往放置扇面上取收，而不直接由手遞傳，故云。

6. 指樋洗童。

7. 此蓋與前文「垂下捲簾」句相關，同時意味著女方順勢由靠外之廊邊退入內裡，故此有「稍遠」云云之說。

8. 句出《拾遺集・戀一》無名氏作和歌：「我所思兮何所之／人如露水點草葉／袖端霑濕兮君豈知。」

9. 陰陽道俗信，以為日子不吉，或方向不當，而隱閉居家。

10. 此為女企圖引留親王之歌。謂盼望雨適時而降，明月既行於空中（喻敦道親王來訪）而不稍留駐，或可藉此而留影止宿也。

11. 敦道親王留戀不忍離去之歌。謂此身雖迫於雲間月光（喻時光流逝，不得耽誤次日忌方位之日）而不得不離去，但此心則將引駐於女處也。

12. 此為敦道親王先前放置於扇面上之和歌。謂女既稱「獨望月」云云，詩意含情深厚，遂前來探看是否出於真誠之言也。

13. 蓋指侍候之女房等人也。

14. 或指源雅通而言。時為右近少將。

15. 指當時的治部卿（專司姓氏、婚姻、喪葬等之職官）源俊賢。

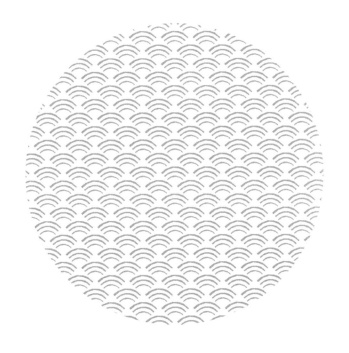

九、可怕的謠言

將絕的戀情

一日，小舍人童來了。樋洗童與他平日大概就是很談得來的交情，故於閒話種種之餘問及：「親王託你帶什麼信函來沒有？」未料，答語竟是：「沒有什麼信函。那天晚上我陪侍來這兒，你們這門口停放著車輛。自從那回以後，就全然不再叫我轉送消息了，我們主上聽人家說，有別人時常在這兒進出呢。」那小舍人童說完這些話就回去了。

樋洗童便到女主人面前稟報：「小舍人童說如此這般。」女的聽到這些話，不禁悲歎：許久以來，自問未嘗絮絮叨叨去煩擾親王，也並沒有表示非仰賴他的愛情不可；只希望他能時時像上一回那樣子[1]想起自己來，兩個人之間的情愫或者不至於中斷。沒想到，他竟然會聽信那種天大的謠言，對我起懷疑之心啊！思念及此，禁不住身心俱憂，遂興「憂思何多[2]」之歎。這時候，親王有信函寄達：「近日來頗覺身體不適[3]。前此曾經前往拜訪過，而往往時機十分不湊巧[4]，只得悻悻然回來。內心甚覺得未蒙青睞。

罷矣休兮莫更怨，

而今小舟從此離，
早知漁人兮漸行遠[5]。」

附歌又是如此。既然他已經聽信那些可怕的謠言，回信爭辯也是徒然；不過終究還是有些不甘心，所以打算做最後的掙扎，便書成：

袖上淚兮斑斑然，
海女一心理其事，
豈料失舟兮誰人憐[6]。

以此聞於對方。

箋註

女方終於探悉親王對己不信任的原因。誤會既如此深，只得茫然悲歎罷了。親王方面則又有「莫更怨」云云譏諷之投歌。二人之間的情愫，由於親王的疑慮而將行崩潰。前段終了，有親王身邊眾女侍的會話傳遞謠言，此段亦由小舍人童及樋洗童之交談開展如小說一般的劇情內容。

1. 指第八段所記之會晤也。
2. 句出《古今和歌集・雜下》無名氏作和歌：「生幾時兮不可依／此身原非常有物／憂思何多兮總苦悲。」
3. 此顯然係敦道親王之託辭。
4. 暗示女方有情人相訪，故時機不巧之意。
5. 此敦道親王譏刺之歌。謂算了算了，不必再怨恨。如今小舟即將離岸而去，早知漁人本要遠離。此歌頗取日語音義雙關之妙，譯文無法傳達。「小舟」為親王自喻，「漁人」則以喻女，故而實則指女方既然早已有離去之心，不如由自己早做了斷，也不必再道怨說恨了。

6.女方答歌，亦踏襲親王贈歌，多採象徵、雙關之詞。謂海女原本一心自理事務，未料竟連小舟亦失，故淚痕濕袖斑斑然也。「海女」以喻己，「舟」以喻親王，故稱己本問心無愧，而今竟將失去親王之愛情與信任，如何不傷心淚滿袖也。

十、七月
徒然的依賴

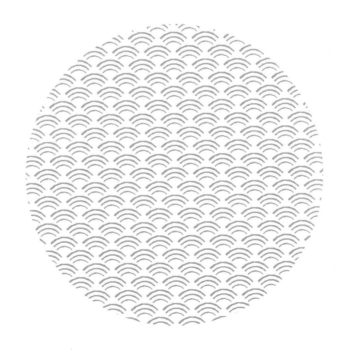

這其間，已屆七月。七日這一天，頗有幾位風流好漁色的男士們送一些託喻牛郎織女星的情詩來，卻都引不起興致、不屑注目。這種時節，親王也該捉住機會寄些什麼過來才是。難道他真的已經把我遺忘了嗎？正這般思慮之際，果然有信函送至。匆忙覽取，竟然只有一首和歌：

豈曾料兮未嘗思，
身自化為七夕女，
望斷天河兮亦難期[1]。

即使是這樣的一首和歌，想到他畢竟還是把握時機給自己投詩，心中便覺得歡喜。

豈敢望兮此天空，
念君今日值七夕，

身既遭忌兮徒增悲[2]。

這樣的答詩，令親王讀後，終究覺得是不忍斷絕的。月底時分，親王遂有信送達。道是：「愈形疏遠了。何以不肯偶爾通音報訊呢？難道不屑將我列入其間嗎[3]？」遂奉上和歌一首云：

未失眠兮故未聞，
荻風秋吹何曾止，
夜夜飄颻兮為招君[4]。

未料，親王覽此，即刻有回音：「卿卿啊，說什麼失眠。有道是『相思苦[5]』，可不是等同尋常之事呢。」

荻風吹兮稱飄颻，
儻若確有招引意，
能不驚醒兮聽終宵[6]。

如此，又過了兩日許。黃昏時分，親王突然引車入內，逕自下車。由於從來沒有在夜分以前的光亮時候相會過，所以十分靦覥不自在，可是也委實沒有辦法。他只是漫漫不著邊際地談說一些話，便遂回去了。

其後，又過了好幾天，令人焦躁又盼望，卻一無音訊，故忍不住致函如下：

「昏沉沉兮情思慕，
度日如年正愁悲，
始悟秋日兮最難度[7]。

古人所稱[8]，確乎如此啊。」親王收信，方有回音：「這一陣子以來，真是久違了。不過，

人或忘兮吾未忘，
時光悠悠雖流逝，
秋夕晤對兮永珍藏[9]。」

其內容如此。

此類詩歌信文，其實都虛誕不可依恃；但人生端賴此類虛誕之事以稍獲寬慰。想來真是可悲啊[10]。

箋註

此段文字記述七月之事。敦道親王畢竟無法忘懷女，故於七夕贈歌，又於下旬之黃昏過訪。但女方則以為這一切都是徒然的依賴而已。

1. 此敦道親王揶揄女之歌。謂豈曾料想到自己竟然化做織女星（親王自喻），望斷天河，只盼與牽牛星做一年一度之相會。歌中暗譏女方情人眾多，故不易與之相會也。
2. 女亦託七夕以訴哀怨之答歌。謂七夕人人望天空，而已獨未敢眺望，蓋身遭嫌棄，心徒添增悲苦之情而已。
3. 親王譏刺女方情人多，以致未肯寄信，或者竟是不屑將自己列入眾多情人之中耶。
4. 此女託喻秋夜拂過荻草之風（「荻」日語音同「招」），以喻己常等待之心。而親王蓋未曾失眠，故未聞之也。
5. 此引《古今六帖・六》紀貫之作和歌：「相思苦兮人未知／難波岸邊蘆根白／輾轉反側

兮獨臥悲。」

6. 此敦道親王答歌。謂女方果有招引等待之意，則己將保持警醒，傾耳以聽聞也。歌詞亦沿女作而多取音義雙關之趣。

7. 此女直表思慕之歌。謂秋日昏沉（暗示前此秋夕之會見），而已思慕，故覺度日如年，更悟得世人每以秋日最難度之道理。

8. 此處當有典故，但日本學界至今尚未有定論。暫存疑。

9. 敦道親王此答歌，頗為勉強，有狡辯之嫌。「人」指女而言，謂女方或將淡忘日前秋夕之晤對，而已則雖時光流逝，亦將永銘記於心、為之珍藏也。

10. 末尾數句為作者和泉式部反省之語。透露出她對於愛情之執著與懷疑，對於和歌（包括情詩及文學）之真實與虛誕的迷惑，卻又道出人生若其不藉此種種虛誕之事如何獲得寬慰之無奈。

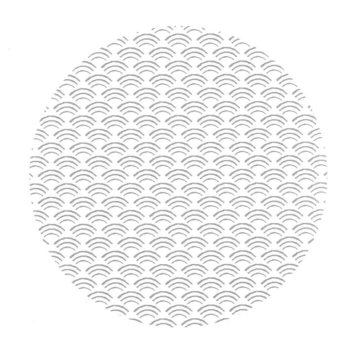

十一、八月詣石山

復甦的愛情

如此這般之間已屆八月，為了想要寬慰寂寥，乃興起到石山寺參籠大約七日之願[1]，遂出發了。親王自覺得久久沒有音訊相通，便要寫信給女方。那小舍人童卻輾轉請人代為稟報：「前些日子到那邊去請安時，別人告訴小的說：這些日子以來，正在石山寺參籠呢。」親王聽此，便說：「然則，今日已太晚了；明日晨朝早早就去吧。」於是，另外書成一函，著令童侍帶去。到了石山寺，女的雖然沒有在佛前參拜，只一心眷戀著故鄉[2]，念及參籠之身，不禁感慨系之，悲從中來，便更加認真祈禱。這時，忽覺得欄干之下似有人影晃動，頗為訝異，俯視下方，竟然是那童侍在那兒。

一時欣喜，他怎會陡然在這種地方出現呢？遂差令人問道：「怎麼一回事？」詎料，那童侍竟出示親王的信函。便也不覺地較往常急急援引打開來看，那上面寫著：「雖係信心深刻乃有參籠之行，何妨事先以之相告？或者尚不至於將我視為有礙佛道的羈絆吧？不過，如此把我遺留在後頭，怎能不令人心憂啊！」復有和歌一首附繫其後：

逢坂關兮辛苦越，
今日殷勤究為誰？
情愛不絕兮卿莫忽[3]。

到底何時出山呢？
近在咫尺[4]時都疏遠的人兒，而今卻這般殷勤差遣人送達信來，不禁衷情深受感動，
遂修成答覆：

近江路兮謂淡忘，
詎料殷勤有信問，
越關誰人兮底事將[5]？

承蒙相詢以何時返歸，但我豈是率爾入山參籠的呢？

山中隱兮雖多憂，
豈敢率赴京都道，
打出之濱兮何時遊[6]。

此覆函一到，親王竟立刻又遣童侍來，命以：「路途再怎麼艱難也去吧。」信中書寫著：「說什麼誰人問云云，真令人憾恨哪[7]。

般勤攀兮逢坂山，
卿卿可知吾心意，
忍將淡忘兮情忒慳[8]！

再者：

雖因憂兮隱山裡，
近江湖上多波瀾，
盼能一出兮觀此水[9]。

世間人士往往說『若每遇憂便投身[10]』啊！」見此等信與和歌，便只有簡覆如下：

逢坂關兮雖設堰，
相思淚流化成湖，
身不出山兮心實戀[11]。

又於紙端附上另一首和歌：

將吾意兮試吾心，

君若真情堅邀約，
徵問來都兮或不禁[12]。

這突如其來之詞，果真令親王幾乎忍不住欲躬自前往，但礙於身分，又豈能造次率爾行事。

這其間，女的終於出山了。「信中曾謂『來邀約』，怎料意匆匆出山了呢。

嗟難料兮真怪哉，
聞因求法入山路，
孰為相誘兮返都來[13]？」

對於這樣的信，只簡單詠成一首覆歌：

出此山兮尋俗蹤，
暗夜行路多憂慮，
只今但盼兮得重逢[14]。

月底時分，風吹得緊，有些颱風模樣兒，又下起雨來，更加令人心怯怯多思緒之際，忽有親王的信送達。照例的，又是那種饒富情趣體貼有心意的筆致，便也不由得原諒了他近日以來音訊都無的罪過。

嗟長歎兮望秋空，
風起雲湧甚騷動，
猶似吾心兮憂忡忡[15]。

對此，乃書成覆歌如下：

秋風吹兮動心腑，
颯颯已足誘人悲，
雲垂天陰兮更愁苦[16]。

親王覽此，亦頗有同感，但是，一如慣常的，又徒令時日流逝了。

箋註

此段文字記載男女雙方八月中之事。女方為了自我寬慰親王久久不來訪之寂寥，入石山寺參籠。親王得悉，誤以為己見棄於女，故愛情反而再呈高漲，再三遣信表達情意。女方覽信感動，遂下山歸來。但二人之間的關係並未因而急轉直下。

1. 石山寺在大津市石山。天平（七二九－七四一）年中，由僧人良弁開基。當時頗受各方信者尊崇。佛徒住入寺院中，日夜祈願，稱為參籠。

2. 此指京都。

3. 逢坂關（原歌僅書「關」）為平安時代由東部通往京都之出入關口。由京都赴石山，須越過逢坂關。又當時文士每每以「逢坂關」為比喻男女之間相逢幽會之象徵。故此「關」有雙關意義。親王贈此和歌以示其不辭辛勞攀越逢坂關寄達情書之深愛。

4. 謂以前住在京都之時也。

5. 「近江路」與「相逢道」諧音。石山寺在近江，故女方此答歌巧妙轉喻：親王遣信由近江之路來此寺之殷勤。又心中明明是欣喜，卻故做矜持而謂：長久疏遠，以為對方已淡忘了自己，未料突獲信與歌，一時未辨是何方誰人也。

6. 此女故示冷漠之歌。謂此度來石山寺中參籠，雖衷情多憂愁，然豈是率爾之舉，故未便輒返歸京都也。「打出之濱」在琵琶湖畔，為石山赴京都途中須經之處，而「打出」與「走出」日語音諧，故取其雙關之妙。

7. 指女前一首歌中用詞。譯詩為形式需要，予以分散為二句。

8. 此親王責女忽視己殷勤不辭辛勞，遣人攀登逢坂關赴石山寺送情書，卻裝做不解其心意，吝於同情，故示淡忘之也。

9. 親王於書成前一首和歌後，忽又想起女方寄來之第二首和歌，故有「再者」之詞。此係和女歌而作，故取「打出」諧音「走出」義：勸女不妨一出山寺，以觀近江地方之名勝琵琶湖水景。而誘女出觀水景，實係欲其下山與己相會也。

10. 引自《古今和歌集・雜體・俳諧歌》無名氏作：「世事憂兮如何處／若每遇憂便投河／深谷變淺兮豈可語。」以此揶揄女歌中「山中隱憂多」云云之謂也。

11. 此女心受親王感動之歌。謂逢坂關山修堰亦擋不住其相思淚流。身雖暫不出山，而心已化為湖水流向親王所在之京都也。

12. 此女暗示親王之歌。謂此刻已正以意試心，但親王若真情相約，躬自來石山，誘以「來都」，則己心或將不能禁也。然而事實上，女方亦知此為不可能之事。

13. 此親王聞悉女已相思難耐而下山返京都，反作歌揶揄之也。謂當初豈非因為求法而登石山，今又因何人誘邀而急忙返都來？

14. 女方雖接親王調侃揶揄之和歌，仍將衷情披露，明白表示出山重返俗塵，乃為求與之重逢故。

15. 原歌已盡於首二句譯詩中。第三句實為補足譯文之形式所需而設，遂將隱含於原歌中之含蓄部分顯現出之也。

16. 此譯詩大抵明白可賞。唯其中「秋」字雖承自親王贈歌而來，據註家謂：「秋」、「厭」諧音，故女方此答歌或取音義雙關之妙：暗示不能忍受親王些微對己厭倦之情也。

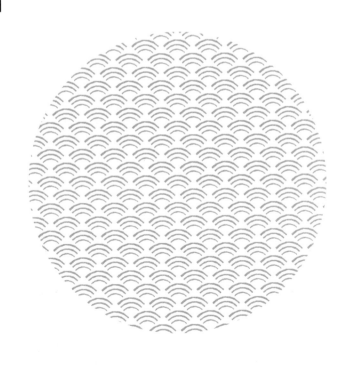

十二、九月二十餘日

倚近之心

九月二十餘日，西天尚有殘月時分，親王忽然醒來。「許久不曾往訪了。啊啊，不知那人兒這時候可也正眺望著這月亮嗎？也不知道她身旁可有什麼別的男人陪伴著沒有？」心中雖是這般嘀咕著，仍舊只帶著往常隨侍的小童前往。令童侍叩門。女的因無法成眠，正想這想那思緒萬端地伏臥著。這些時日以來，不知是否季節[1]的緣故嗎，沒來由地就是較平時多愁善感些，正值沉思之際。咦？究竟會是什麼人呀？遂推一推睡在前邊的侍女，要她去問問看，偏偏那女孩睡得沉，一時也叫不起來。好不容易叫起來了，卻又東闖西撞地耽誤之間[2]，那敲門聲竟停止了。「大概是回去了吧？那人定會以為我好睡懶起吧。怎的也不體諒一下，多等一會兒。不過，莫非也同我一樣，是有心事睡不著的人嗎[3]？到底是誰呢？」女的不免心中揣度著。好不容易有人[4]起身。「啥也沒有嘛！聽錯了吧？半夜裡大驚小怪的。主人也真是的！」遂又回去睡覺了。

女的竟徹夜未眠到天亮。望著霧氣瀰漫的天空，不覺得天已大白。正將這曉間的事情記書於紙張之上時，像往常那樣的，親王又有信函送達[5]。那上面只有一首和歌：

秋月殘兮情迷茫，
為君終宵門前立，
惆悵歸來兮無他方[6]。

女的一面想到：「不知道他心裡把我看成是多麼乏味的女人哪。」可另一方面又想回來：「果然是一位不會放過任何時序情趣的人兒啊。那時候他確實也正望著那一片天空的景象的喲。」一時欣喜感動，竟將先一刻正當做習字般書寫的那墨跡，摺成一條細長的結，送給了親王。親王覽賞，其文如下：

「風聲冽冽，似欲吹落盡眾葉，誘人倍添感傷。天空烏雲密布，雖是一片灰黯，而微微雨落，竟有如點綴一般，這般情景，怎不令人愁緒萬端哪。

秋殆盡兮情傷悲，
淚霑衣袖將朽腐，

其誰備袖兮冬雨時[7]。

心雖傷悲，人誰知曉？草色都已漸漸不同於前時，雖云冬雨尚遙，而風吹有若時已屆，野草悽然披靡，則又不免感念吾身脆危，猶似露珠之將消失；見此草葉，不禁悲從中來，無意入內，遂伏臥於外邊，自是睡意全無。周邊人人[8]都已恬然酣睡，而我獨心亂如紛，未有定時，乃遂眼睜睜伏臥，怨懟自身憂慮之際，忽聞雁聲微鳴，他人或者未必感受如許深刻，而吾獨深覺悲苦難耐。

未闔眼兮睡意消，
幾夜幾宵如此度，
但聞雁聲兮添寂寥[9]。

與其如此等待天明，不如將妻戶[10]推開來，見蒼天有西傾的月影清澄，而霧氣正瀰漫在空中，鐘聲與鳥音融合互應著。過往之事、現今之事、與乎未來之事[11]等等，未有如今此刻之饒富情趣者，乃不由得淚霑衣袖，卻又似乎大不同於尋常。

除卻我兮更有誰，
眺望向曉此長月，
衷心感動兮懷情思[12]。

倘使此刻有人叩門來訪，豈不快哉欣慰！然而，究竟誰人會如同我這般過夜呢？

何處所兮何等人，
與我同心賞殘月，
這般情緒兮當誰詢[13]？」

平安朝女房

如此書成的文字，正擬寄送於親王之處，遂以之奉上[14]。親王覽文閱讀之下，覺得畢竟是不同凡響，乃思欲趁女情緒尚留之際回應，遂即刻遣人送達覆音。女的果然正痴情眺望著外景，未曾料及回信竟會如此迅速來到，故頗有幾分吃驚地展開來閱讀：

「秋殆盡兮悲情紛，
吾淚漣漣袖亦腐，
衣袖為腐兮豈獨君[15]。

謂似露兮將消失，
君何沉鬱懷此思，
盼仿菊花兮壽久術[16]。

未闔眼兮不成眠，

底事怕聞天邊雁？
將非君心兮招若然[17]！

除卻我兮竟有人，
殘月天邊仰首望，
情深多思兮勞心神[18]。

何處所兮雖分離，
諒君多情必賞月，
恨我今朝兮徒訪痴[19]！

怎能不怨你吝於開[20]啟門扉。」回音竟是如此這般，遂不禁慶幸將原先那當做習字般書寫的詩文致送於對方了。

箋註

親王一時興起，往訪女家，卻未相會而折返。女方遂將當時晨曉之情趣書寫成習字般的隨筆文章，以贈送男方。親王有覆歌送達。女方實欲藉此文章披露心事種種於親王。關於「習字文」一事，《源氏物語》第五十三帖亦有言及（拙譯採取直譯為「手習」以保留原貌），卻未如此段文字之詳及於其內容，故能自成一格。

1. 此謂秋末季節也。
2. 謂室內黑暗，又驟然醒來，未辨方向也。
3. 此句內又隱含：因心事不眠而賞此殘月之意。
4. 日語使用法，男女尊卑有別。此「人」從下文可以判斷係為下役男子。
5. 當時男女幽會，男方依俗須於次晨送情書於女，稱為「後朝之文」，但敦道親王即使夜訪未遇，亦有情書致和泉式部（見於前文第三、第七段），故稱「又有」。

6. 此親王抱怨佇立門前之歌也。

7. 此女有感於秋之愁思而作之歌。語氣略有誇張之處。謂秋季將盡（時值農曆九月二十餘日，故離十月尚餘不及十日）而悲傷未已，淚落以袖拭之，袖恐將為之朽腐，則當冬雨來時，當向誰去借衣袖以拭不停之淚耶。

8. 指眾侍女。

9. 此女噓歎：夜夜難眠，但聞雁鳴而已。

10. 日本古代建築物四隅所設之窗戶。

11. 一說此中隱含佛家三世（即過去，現在，未來）之思想。

12. 女自問除卻境遇堪悲之自己而外，世間可曾另有誰人亦望此秋月（日人稱九月為「長月」）而心受感動者。

13. 此女獨自思慮之歌。謂今宵殘月，可有何人在何處同懷此心賞望？不知當向誰詢問之也。以上詩文為女隨興書寫如習字般之作。

14. 此處與上文親王遣信來相銜接。謂女趁便將此長文託使者奉上也。

15. 此為親王和女來文中第一首和歌。首句沿襲女作語氣，謂淚霑衣袖而將朽腐者，豈獨君而已。

16. 此係和女文中悲歎「生命脆危如露珠之將消失」云云，而勉以為效仿菊花之久恃有長壽術也。

17. 此親王沿女第二首和歌所作，而轉以女心多情（指交往之男友多），致令失眠怕聞雁聲。其中頗有故意揶揄之意。

18. 此親王和女第三首詩中除我而外不知何人賞月之歌，而轉謂未料女亦同心共賞殘月也。

19. 此親王和女第四首歌。謂猜想女亦多情正賞月，故近曉時分專程往訪；豈知叩門不應，恨己徒然往返之痴情也。

20. 日語「開」與「明」諧音。此實又隱含敦道親王佇立門外待天明之怨懟也。

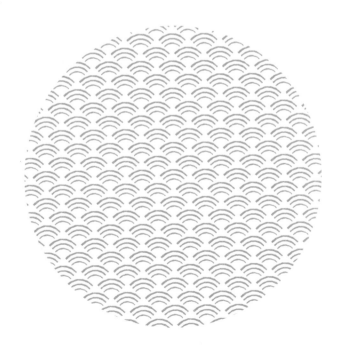

十三、九月末之代詠

厚顏的依賴

這其間，已屆月底，親王方面有信捎來。於提及近日來疏於音訊種種藉口之後，書寫道：「有一項不情之請。茲有一位往日來往交談的人，即將到遠方去[1]。頗想作一首令她衷心感動的離別之歌，也只有你送與我的詩章能打動我心，故而特想央請你代為詠贈一首如何[2]。」瞧他，可真厚顏得意的樣子[3]；不過，也總不便以「怎能夠代您作詠」云云的傲慢態度相拒，所以只得簡單答覆：「我豈能勝任呢。」便代為詠製：

「惜別淚兮豈留影？
君竟未察吾衷心，
似秋將逝兮時光騁[4]。

仔細思量，豈不令人羞澀難堪。」附筆如上，又於信箋的一端添寫道：「再者，

留君去兮去何方？

世事多憂固如此，
竊自隱忍兮常勉強[5]。」

書畢奉上。親王遂亦有答覆：「若其讚頌那和歌如出我衷，怕你會嘲笑我班門弄斧。
至於所謂『世事多憂』云云，則純屬你自己的假想啊，

捨我者兮自去矣，
而今何須多懸思，
唯盼君視兮寶珍似。

若此，則世事雖多憂[6]，或者尚可以度過的吧。」覆函如此。

箋註

九月底，敦道親王央請和泉式部代詠和歌於其過去稔熟之婦人，以為訣別之用。女心頗為動搖，仍勉為完成代詠之事。不過，由此一事件亦可窺見親王對於女方依賴甚深切之一斑；此蓋因前此女方出示其隨筆散文示愛，而引起親王對她的愛與親密使然。

1. 此處雖云「來往交談」，實則蓋指敦道親王過去的情人之一，或者嫁與地方官吏，將隨夫婿前赴任所也。
2. 請人代詠詩歌，在當時為相當普遍之事。我國古代亦有類此之事。
3. 此謂親王不避諱自己另有情人之事而言。此外，和泉式部以擅長和歌著稱，親王此請求既有肯定其才華之意，女方亦非不自覺獲其青睞之殊榮也。文章簡約而含義複雜，為作者行文之一大特色。
4. 此女代敦道親王詠製惜別之歌。謂盼望留得君影於我惜別之淚中，唯君豈察知吾衷情，終將離我而去（赴他方），似時光馳騁、秋將去而不留駐也。日語「秋」與「厭」諧音，故暗含責備情人因厭倦而遺棄之也。

5. 此為女方於代詠之餘轉換話題言及己心事之和歌。謂所代為詠贈和歌之女性竟捨親王不知去何方？世事（指世間男女情愛諸事）原本多憂；至於己則私下隱忍悲苦勉強度日也。此作暗含即使敦道親王待己薄倖如此，亦常相忍為安，委曲求全也。

6. 此句蓋延續前所作和歌「世事多憂」云云之意。

十四、十月、手枕之袖

愛情高漲

就這麼不知不覺的，竟已是十月了。十月十日前後，親王來訪。裡面太闇，有些教人害怕，故而他躺臥在較靠外處，言語細膩地談說種種，委實感動人心，頗有情味。月亮隱之又隱於雲間，是個多陣雨的季節。連周遭的雰圍都彷彿存心配合了當時的情趣似的，遂思緒紛亂，加上這初冬的情景，不覺地微微戰慄著。親王目睹此情形，心中暗想：「人人謠傳這女子如何如何[1]，可真是怪異！她不是就這麼分明躺在我身旁嗎？」親王越想越覺得愛憐不捨，見女的正假寐著，思緒紛紛亂亂，便推醒她說：

躲陣雨兮避宵露，
今夜共寢影成雙，
手枕之袖兮霑何故[2]？

但女的正思慮萬端之際，無心答理，故只是不言不語，在月光下暗自落淚。親王見此，更加憐愛，問：「怎麼不回答呢？大概是我說了些無謂的話[3]，害你不高興嗎？真對不起啊。」故而只得佯裝戲言道：「不知道什麼緣故，好像忽然間覺得挺不舒服的。並不是對您所說的話充耳不聞，您只管瞧著吧，所謂手枕之袖，豈會有片刻忘懷的時候啊。」而美麗多情的夜色，大概便是在這般款款談情之間度過去的吧。

翌晨，知道女的連一位可依賴的男人都沒有，親王心中十分憐恤，便差人送信來問：「未知現今心情如何？」遂答以：

今朝間兮殆已消，
似夢短暫淚稍濕，
手枕之袖兮不終宵[4]。

大概是這首和歌之中確實涵詠了前夜所說「豈會片刻忘懷」的話語，才引起了對方興味的吧；故亦有答歌沿此而來：

君竟稱兮夢短暫，
知我淚濕臥也難？
手枕之袖兮實多憾[5]。

不知是否那一夜的天空情調深深打動了親王的心嗎？其後，時常念及女方居處種種，便頻頻前來探訪；而從他親自觀察之中，也逐漸了解到，這人兒確實不像是世故浮泛之輩[6]，只見她確實也沒有一個可恃賴的男子，心中不由得起憐憫之情，遂與之更加細膩談情。「瞧你，盡日這般寂寂地過日子。我那邊雖然尚未準備停妥，你還是只管過來吧。據說世人都在責難我現在這樣的行為哩。其實，我不過是偶爾才來訪，未必會讓什麼人看到，但即使這樣，都覺得人言可畏。何況，又時常遭到你這兒閉門羹，徒然未遇而歸，那種滋味也挺不好受，連我自己都覺得你沒把我當一回事兒，有時也就左思右想，不知如何是好？但我這個人大概是有點兒老派的吧，就是不捨得斷絕關係[7]。然而，也不能老這麼走訪，萬一若真的傳聞開來，給人制止的話，豈不真的成了所謂『月行空[8]』嗎？假使果如所說，真的是寂寂無聊的生活[9]，何不搬到我那兒去呢？雖然那邊也有人[10]，諒亦不會有什麼不方便之處吧。大概是本來就不配到處遊蕩的身分，所以也未嘗金屋藏嬌啦什麼的[11]。平日居處，即使是佛道修行，也都是獨自一個人，倘使能夠跟你會心晤談，倒覺得是頗欣慰的事情呢。」一聽他這麼講，可又想到今後如何去過那種不習慣的生活？昔日與皇太子的事情，也是不了了之[12]，而今又沒什麼人可以導引自己「山他方[13]」；如此度日恐怕只會迷失於不明的長夜[14]。就怪從前周遭有太多男人纏擾戲謔，才會引起世人諸多謠言。不過，說實在的，也真沒有什麼可倚賴的人物啊。咳，管他的，就按照親王講的試一試看看吧。他雖然是有夫人[15]，據說是分開來住的，凡事都是那位乳母在張羅著。倘非過度出風頭引人側目，只要安分地躲在一旁，諒亦不至於會怎麼樣吧。這麼一來，親王誤以為我濫情的疑慮，也應該會消失的呀。如此思慮再三而後才啟齒：「我這邊凡事都以為不能如自己所願，唯有等待您偶爾屈駕枉訪才是生活中的莫大安慰；如果您要是真的有這個意思，當然是願意悉聽遵命的；喏，即使像現在這樣子跟您分開來住，別人還不是照樣講難聽的話嗎？假如一旦真的搬到府上去，那麼人家更要說果然謠傳是真的了。我只擔心這一點。」親王聽後，倒是安慰道：「應該是我這邊才會受到責難的呀，人家大概不至於講你的壞話吧。等我好好兒找個隱蔽的地方再說吧。」遂於近黎明時分回去。

細格子門[16]仍然敞開著，遂獨個兒臥在靠近外邊處，來回思量著：「到底如何是好？」、「會不會遭人嘲笑呢？」這其間，竟有來函送達。

踏歸途兮晨曦中，
手枕之袖猶濡濕，
別淚露珠兮渾相同[17]。

關於衣袖之事[18]，雖是虛幻不可恃，能這般不遺忘地頻頻歌詠，也真是情意可感。

草露繁兮寢難安，

起坐諒因念情愛，
手枕之袖兮迄未乾[19]。

那晚的月色分外澄明，女方與親王竟都徹夜眺望到天明。次晨，親王正預備像往常那樣差人送信去，乃令人訊問：「童司[20]可來了沒有？」而女方不知是否也因霜色皚皚未能成眠的嗎？竟先詠成了一首和歌寄達：

既反側兮復輾轉，
手枕之袖淚成霜，
白妙皚皚兮今朝眄[21]。

親王覽信後，頗有些不甘心女方竟會如此先發制人，乃亦詠成一段：

細格子門

戀吾妻兮情匪淺，
終宵不寐實緣霜[22]，

詠成，適見童司參上，親王眉宇之間頗有不悅之色，乃對之責問。小舍人童自知：主上定必是因為我今朝沒有早早參上，所以如此責怪的吧！故受文後便快快送達於女家，同時又稟報道：「主上頗為責怪小的，在沒有接到您這兒的贈歌之前參上……。」說著，便取出那回函。「昨夜月色著實佳妙」，那信上先是這樣寫著，其後遂有一首和歌：

可曾寢兮眺望否？
如此月華不忍眠，
起坐欲問兮無人理[23]。

果然如童侍所言，是親王那邊先詠成這首和歌送來的吧。遂不覺得欣喜異常。

不成眠兮未闔眼，
一夜望月至天明，
起坐通宵兮豈杜撰[24]？

詠成答歌如此。又覺得童司所稱「主上頗為責怪小的」云云，十分有趣，故而在信箋一端寫下：

「朝日晃兮照霜白，
而今凍解更化融，
勸君消氣兮莫見責[25]。」

那小童司挺洩氣的哩。」詎料，親王卻又有回信：「瞧你今天早上得意的樣子，心裡就是老大不痛快，恨不得把那童司殺掉才消氣。

朝日射兮影晃朗，
光耀霜白凍未消，
天色矇矇兮恨徒長[26]。」

見他如此書寫，遂連忙修成回函：「說什麼要殺掉[27]」遂詠成：

君吝情兮罕來臨，
唯此童司偶見遣，
豈今令去兮不復任[28]？

覽得此信後，親王竟笑了起來，乃又有信與和歌：

「此說詞兮藏道理，

今不輕言殺童司，
隱妻之令兮存心裡[29]。

至於手枕之袖一事，恐怕是早已經忘記了吧[30]。」見他如此書寫，遂快快修成覆歌：

隱於心兮藏乎私，
手枕之袖刻難忘，
竊自追憶兮人誰知[31]？

見此，對方亦有詠歌回應：

不言語兮或忘遺，
倘非吾嘗道往事，

手枕之袖兮君豈思[32]。

箋註

此段文字頗見作者細膩經營。男女雙方之心逐漸倚近，情愛高漲。敦道親王至此遂決意迎女入府邸。他終於能排斥周遭眾人對女方的種種多情之謠傳；女方則對於親王的決心不免仍有些許顧慮，猶豫徬徨未已。雙方的愛情漸趨高漲，乃藉「手枕之袖」的情詩往返而漸次展開。

1. 指敦道親王之乳母，及其近侍女房等對於作者和泉式部私生活之非難，謂其周邊頗多情夫也。
2. 「手枕之袖」為男女幽會同床之際互擁而枕對方腕袖之代詞，故每常用於情詩間。親王此歌暗示二人擁臥室內，既得避雨露，何以袖為之霑濕？蓋淚使之然也。

3. 指前所詠之和歌而言。

4. 此女試探親王情愛之歌。謂雖曾共枕相擁而臥，淚水霑濕腕袖，但恐怕一夜恩愛，親王如今或者已忘懷也。此歌巧妙地踏襲親王所詠「手枕之袖兮霑何故」，而轉稱淚水雖曾霑濕其袖，但短暫之恩愛，如今或已淚乾情盡歟？

5. 親王沿女贈歌而作此答歌。責女竟稱「夢短暫」（暗示情愛不堅固），豈知我因淚濕衣袖，躺臥也難（不成眠）。可紀念的「手枕之袖」遂成為此章男女雙方輾轉喻愛之象徵。

6. 暗指世人所傳說用情不專之事也。

7. 暗示曾考慮與女斷絕情分也。

8. 句出《拾遺集・雜上》橘忠基和歌：「莫相忘兮相思急／有情終盼能相逢／彼月行空兮不可及。」此沿襲昔人之和歌句，以喻己若與女別離，將如彼月行於空中，可望不可即也。

9. 此句意在強調女方果真無其他男子關係。

10. 指其妻而言。

11. 此句含意不明，姑從小學館本註解。

12. 皇太子，指敦道親王之長兄師貞親王（即後之花山院）。此句內容不詳，或謂和泉式部曾打算出仕師貞親王為女房。

13. 此蓋引《古今和歌集・雜下》無名氏作：「吉野山兮宿無常／世事人事多憂苦／隱居豈得兮山他方。」謂己無所倚恃，亦無人保護以躲避世間憂苦種種也。

14. 形容煩惱不盡，有如不明之長夜。

15. 敦道親王夫人為左大將藤原濟時之女。

16. 日本古代建築物中，設於兩柱間的木製細格門戶，其構造分上、下兩部分，上部分可以向外掀開吊起。

17. 此為敦道親王與和泉式部一夜溫存後依俗致女的「後朝之文」。強調手枕之袖因晨歸霑露，而露珠與別離之淚渾然不可辨別也。

18. 指男女雙方之愛情，以及因「手枕之袖」而來往互道之情愫也。

19. 此女感激敦道親王之情愛而答之之歌。謂男方既踏露而歸，深情未寢，而己曾與同枕共眠的「手枕之袖」，亦因思念之淚水而迄今仍未乾也。

20. 任文使之職的小舍人童。

21. 女歌強調己終宵未眠，謂袖因哭泣而竟結為白霜。古代日語「白妙」為袖之歇後語。

22. 詠歌贈答以時宜為尚。敦道親王因女方先已而詠霜寓情，故心有所不甘也，為女所作和歌補此前段，此酬答之歌係沿女歌而製，可用以取代女贈歌之前段而成連歌。譯詩姑以叶韻轉達其義。

23. 此敦道親王先發制人之製。謂昨宵月色佳妙不忍就寢，未知女方是否亦不眠而望月？已則坐待天明，惜無人遣函也。

24. 此女既欣喜親王望月思念之情，又故意揶揄之答歌。謂所謂通宵起坐未成眠，是否係杜撰之詞？

25. 此女勸敦道親王勿復責怪童司之和歌。謂朝日已經晃朗照耀霜上，大地既已解凍，人兒亦當消氣矣。

26. 親王沿襲女贈歌，以日光照霜喻己恨意未消也。

27. 下有省文，當謂：「豈非太狠心」。

28. 女見敦道親王稱：恨不得殺童司，故承以此歌。謂親王自己既罕駕臨，唯偶爾遣此童司寄達信函，而今稱「去」（日語音同「生」，即「使保性命」），則殆欲殺之，使其不再活命以任信函之差使耶？此歌實宛轉責親王殺童司，是否欲斷絕與己情書往來之意？

29. 親王受女埋怨之歌，乃稱今後不再輕言殺童司，此殆聽從隱妻（雖未公諸世人前，而實已承認和泉式部為其隱祕之妻子）言語也。

30. 此語暗示女方此首詠歌未將「手枕之袖」詞引入也。

31. 女方表示自己對於二人愛情繾綣的記憶「手枕之袖」，片刻不忘，深藏於內心，惟敦道親王不知而已。

32. 親王再度詠歌強調對於當夜情愛追念之深刻。又故意再次責備女方倘非己提醒，或早已忘懷其事也。此段文章全以十月十日之夜的纏綿經驗為中心。雙方一再詠歌「手枕之袖」以互道愛情之甜蜜，又經由揶揄、譏刺，顯示出彼此之感情逐漸由疑慮不安而趨向穩定之從容，乃至相互調侃也。

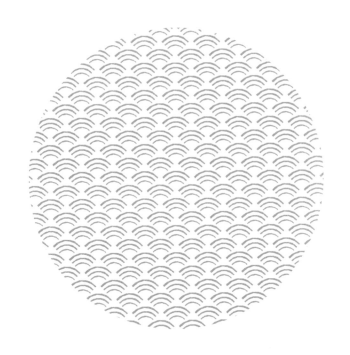

十五、白晝的造訪

愛的自覺

然而，其後二、三日竟一無音訊。想他曾經信誓旦旦[1]，這會兒到底又是如何了？遂無法成眠。睜著眼睛臥著，夜氣似乎逐漸加深之際，有人叩門。咦？不知是誰啊？於是差人去探究，沒想到卻是親王有信函送達。事出意外，真箇是「心往兮[2]」，衷情不禁為之欣喜起來，便令推開妻戶，藉著月光讀信。那上面書寫著：

君或望兮宵漢麗，
夜氣漸深秋空澄，
明月皎皎兮掛山際。

舉頭望明月，那首和歌便也就格外地令人感動了。見門都沒有開啟，恐怕那送信的使者鵠候不耐煩，遂立即修成一封回函。

夜氣深兮睡意少，

怕見明月更添愁，
未敢仰望兮空皎皎。

如此詠歌，大概是頗出乎親王意表之外的吧。「那女子確實不同凡響。一定要設法將她接來身邊，能夠時時這般虛誕地歌詩唱和，該有多美好！」心意乃遂愈形堅定了。

約莫過了兩天，親王乘坐女用牛車[3]來訪。以往從未嘗在白晝裡相會，故而十分靦覥，可是，又不便害臊躲起來。乃想到，倘使果如親王所言，有朝一日真的遷移其宅[4]，也不能老是這麼羞澀不前，遂只得勉強挪移出迎。於談及近日以來音訊暫絕之因由後，稍事臥下，便又提到：「就照我提議的，快快下定決心吧。像今天這樣子的幽會，總是教我怯怯擔心；可又沒法子不相訪。咱們倆這種關係，真是苦啊！」聽此話，只得答以：「早遲終歸是要依您的，但人道是『見增歎[5]』，又怎不令人憂慮呢。」「好吧，那麼你就等著瞧。不也有『燒鹽衣[6]』之說嗎，人是日久生情的呀。」親王說著，便走出房間。

見庭前的籬笆下，有幾株檀樹，葉子已稍稍轉紅，遂折取少許，就那樣子倚在欄杆邊吟詠道：

葉色漸染兮著此樹[7]。

聽他如此詠歌，遂續之以：

輕微微兮霑白露，
如何已見秋意濃[8]，

親王聞之，果然覺得此女深諳妙趣，不禁愈為欣賞。他身上穿著直衣，其下又襯以袿裳，裳裾稍露[9]，那模樣兒委實令人陶醉。害女方不禁疑惑，是不是由於自己的眼睛都因為豔情而變得如此敏銳呢？

翌日，親王差人送信來云：「昨日你那種表情雖然教我傷心；但又著實令我深受感動呢[10]。」

「葛城神兮自斂甚，
久米路橋役夜勤，
千藏百歷兮因貌寢[11]。

委實羞怯難堪啊。」未料，親王覽後，即刻又遣人捎來答覆：

役行者兮饒法力，
吾若有法如彼靈，
葛城之神兮殆可得[12]。

如此云云詠歌著，倒是較諸往時更勤於來訪，所以寂寥之心也聊堪安慰了。

箋註

「手枕之袖」的情詩贈答告一段落。此段日記為記載其後五、六日間所發生之事。二人之間的心契趨於穩固，敦道親王方面，或深夜贈文，或晝間乘女車造訪。親王雖力促女決心，而女則一時難下決心移入其第宅。二人之間仍持續以和歌贈答做為愛情之自覺。

1. 此指前文中敦道親王所說：「等我好好兒找個隱蔽的地方」云云之言。
2. 此句或有所據。一說引《後拾遺集．戀四》道命法師和歌：「夜夜思兮衷情焚／總為愛戀目不闔／莫非心往兮遂驚君。」唯道命法師與作者為同時代人，故學界亦頗懷疑此說。
3. 以白晝來訪，故為避人耳目特乘坐女車。女車雖無一定格式，但一般多取座前有垂簾者，以收座內人影隱約、簾下袖裾閃鑠之效果。原文作「女車」，當時男女乘車多以牛牽引，故譯文稍加增益以求明白也。

4. 此句為原文所無，恐文意晦澀，故增譯以求順暢易曉。

5. 句出《古今和歌集．戀五》無名氏作：「見增歎兮緣底事／人謂習慣生厭心／遂令猶豫兮多所思。」女方引用此歌，意謂恐移居親王第宅後，因日日相見反成習慣而見厭棄之歎也。

6. 句出《古今六帖．五》和歌：「彼漁人兮處伊勢／日日但著燒鹽衣／習慣增戀兮未嫌敝。」伊勢海邊之漁人，每日但穿著燒鹽衣（製鹽者之工作服），越穿越生戀惜之情，不嫌棄其敝舊也。敦道親王取此歌句以示己日後決不因習慣而厭棄女方，反將更增添愛戀之心也。

7. 此敦道親王託紅葉以喻二人感情已逐漸堅固之歌。此為故意僅詠成下半段，邀女續作上半段，以完成愛之歌也。

8. 女方得悉親王意，遂詠成此首和歌上半段。其全首頗帶音義雙關之妙趣：日語「言語」稱「言葉」，則親王所詠「葉色」既指紅葉，又暗指二人愛之言語；女方亦沿此而有所寓意，謂白露稍霑，已見秋意濃（言外之意為：二人間只有幾回交往，而情愛已見濃密）。

9. 直衣為平安時代男子便服，已見於前文。此處作者特為描寫敦道親王衣著之講究，蓋此次幽會在白晝之故，視覺效果亦甚鮮明也。

10. 蓋指女方見己乘女車而來，表情之間顯露出靦覥難堪；其後又見女衷情愛慕之眼光，故深為之感動也。

11. 傳說云：葛城神貌寢，受役行者命修築久米路，因自知醜陋，未敢以身示人，故晝伏夜出以完成使命。（此故事《源氏物語》及《枕草子》亦頗見引用。）此女託歌以喻己亦形陋貌寢如葛城神，故不堪白晝與敦道親王相會也。

12. 此為親王安慰女方之和歌。謂役行者法力無邊，己若有此法力，必可獲得自嫌貌寢之葛城神（喻女）也。

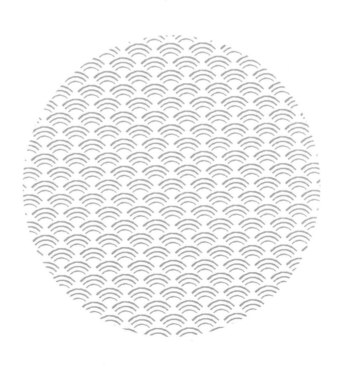

十六、濃郁的情書贈答

難分難捨

這其間，又總有一些無聊男子投以情書啦，甚或還有些人親自來訪打攪等等，難免又會發生一些不好的謠傳，遂興起念頭：索性搬到他那兒去吧；可又礙於對方有夫人在身邊[1]，便也無法斷然下定決心。一個霜色極白的晨朝，女的寫了一首和歌送去：

怕眾烏兮將告我，
翅上霜白竟天明，
大烏羽間兮曾亦荷[2]？

對方遂亦有答歌：

怕見月兮卿嘗云，
如何既寢見霜白？
大烏羽間兮霜紛紛[3]。

親王於傍晚時分便急急來訪了。「最近，山中的紅葉不知有多麼好看。來吧，咱們去欣賞欣賞。」他這般邀約，乃先答以：「這真是個好主意呀。」等到當日，再辭以：「今天不巧，正值忌避方向之日。」親王差人捎信來云：「啊，多麼可惜呀。然則，等到忌避之日過了，一定要去欣賞。」可是，那一夜的雨竟較平時為猛烈，聽著那雨聲，不禁擔心：眾葉似要凋零殘落盡了。女的無法闔眼，不自覺地自言自語道：「壽命猶如風前燈燭[4]」，遂生悔意：「啊，紅葉都將凋落盡了。昨日沒有去欣賞，真是遺憾！」如此懊悔著，一夜到天明。早晨，親王那邊有信函送達：

「神無月兮降時雨，
今日傾盆盡類同，
卿豈曉知兮吾肺腑[5]？

如果只當尋常雨看待，那可就真遺憾了。」

豈時雨兮抑為何？
霑得衣袖如許濕，
吾正神疑兮惑忒多[6]。

於是，又附加：「說真箇的，

山紅葉兮無恙否？
夜半陣雨殆摧殘，
昨日當賞兮悔辜負[7]。」

親王讀到這首和歌，遂即答覆道：

是矣是兮此語是，

山中紅葉未賞欣，
而今懊悔兮嫌遲耳。

又於信箋之一端書寫著：

或已盡兮殆稍殘，
一夜風雨摧紅葉，
只今勸行兮為探看。

見他如此詠歌，遂回函：

「常青樹兮葉常青，
果因季節便轉色，

或當急行兮問山陘[8]。

您難道是忘了嗎[9]？」這回函寄達後，親王似乎竟不記得上回邀約時曾以「有所不便，未能相見」為之辭，乃更修成如下一首和歌：

盼速漕兮淺水舟，
往時蘆間障已去，
今當無礙兮莫須愁[10]。

親王覽得此詠函，恐怕是真的忘記前事了吧，竟然和詠道：

赴山中兮賞葉紅，
捨其車乘就舟楫，

如何可達兮峻嶺崇[11]？

讀此歌詠，遂又寄上一首和歌：

山葉紅兮豈久待？
舟楫漕緩恐已凋，
待君不見兮痴情在[12]。

親王讀此，正值日色已暮時分，故而備駕來臨，由於這邊居處在忌避的方向上，故而悄悄邀約出門。

親王這一陣子以來，據說是遇著四十五日的方位忌[13]，故而暫時借宿於其表弟三位之君[14]處。此處並非往時幽會過的地方，所以女的難免感覺到羞赧不自在，「真太難為情了。」可是，親王卻一徑地強迫，連車帶人地將車輛進駐於駐車處，而自顧自地先行進入宅第裡去。這樣子，未免教人害怕。等人人就寢，安靜下來之後，他才又來到車廂裡，情話綿綿，誓約種種。那些不知情的值勤下役們，還在周遭徘徊巡邏哩。照例的那個右近尉，與童侍則又近侍在車旁。愛憐又思念種種之餘，親王越發地後悔自己過去以來對女方怠慢的態度。他這種想法，倒真是不可思議哩。

天明，即逕自送女歸去，而自己也趁眾人尚未起床之前，便急急返回宅第去，又趕在晨早之間遣信來云：

自共卿兮相伴眠，
慣將寤談度長夜，
伏見里晨兮未臥焉[15]。

喜見此情書，故亦回應以：

駐車處

自與君兮相逢來，
夜夜不知身何處，
旅邸眠臥兮意徘徊[16]。

箋註

女方逐漸傾向於依賴敦道親王，唯尚未能斷然下定決心。在這種進退的氣氛中，二人之間和歌往來愈達於濃郁之境地，彼此的感情也愈形投契。親王甚至將女帶至其從兄弟處，而深自後悔往昔待女過於冷淡。

1. 此處文字較為含蓄，稍嫌晦澀難解，故譯文點出其中所隱含之意。
2. 此和歌踏襲風俗歌：「大鳥羽啊／哎喲霜降啦／誰人嚷吵啊／哎喲眾鳥吵。」以大鳥喻敦道親王，以眾鳥喻傳遞謠言之眾人。歌意謂：恐怕眾人將我事告於親王處，我的翅膀上，昨夜因未成眠而白霜降落。未知你是否亦羽毛間負荷了霜白（暗喻如我一般未成眠）？

3. 前第十五段文中，女方曾作一首「夜氛深兮」云云之和歌，其中言及「怕見明月」之句，親王此答歌引彼歌轉以揶揄：既然怕見月而就寢，如何見得霜白；至於「大鳥」（沿女前製，自喻也）則因徹夜未眠而霜紛紛然落其羽上也。

4. 句出佛典、《俱舍論》。

5. 古代日人稱十月為「神無月」（此猶《詩經・豳風・七月》，稱夏曆三月為「蠶月」）。親王此和歌頗曲折，大意謂：十月始降陣雨，而今日之雨竟類似十月（陣雨），女豈知此雨實為我相思肺腑所化之淚雨耶？以音義雙關處無法迻譯，故逕採意譯，而下文亦不得不稍事改變也。

6. 女答歌。意謂：究竟是陣雨？抑或是何物？何物令衣袖如許潮濕？我亦正疑惑不解也。

7. 此為女表達當時心意，故將往返應酬之主題拉回來，以「說真箇的」轉換語氣。歌意謂：山中紅葉是否因昨夜陣雨摧殘殆盡？早知如此，昨日當往欣賞，而今後悔辜負美景也。

8. 此女揶揄親王之答歌。謂常青樹之葉豈可能因季節而葉色轉紅？果若所言，則或值得急急赴山徑，一為之探尋也。

9. 此句含義不詳，姑從日本學界不確定之解說。

10. 此女反邀親王之和歌。以淺水舟喻敦道親王來訪，而以水邊蘆草間之障礙喻前時忌避方位之不便。謂：今已除去所有障礙，儘管舟漕來邀無妨也。

11. 敦道親王一心想邀女赴山中賞紅葉之心態，於此和歌可見知，故全然忘懷日前被拒之事，唯疑女方何以捨車取舟也。

12. 此女催促之歌，頗取音義雙關之趣，無法迻譯。「漕」音諧「焦」（痴情焦躁）。和歌意謂：山中之紅葉易凋零，豈容小舟緩慢搖漕，而已等待郎君之痴情亦焦躁不已也。

13. 陰陽道禁忌之一種。須避諱星神（大將軍、金神、王相神等）遊行之方位，依俗多外宿他處。

14. 原文僅作「三位」。蓋指從三位右中將藤原兼隆。兼隆之父道兼與敦道親王之母超子為姊弟關係。

15. 此敦道親王後朝文也。謂自與和泉式部共眠以來，已習慣於終宵長談，而今在伏見（京都郊外地名。「伏」字，音與「臥」字諧音）——蓋即借宿其從弟藤原兼隆屋宅所在地，反而未得臥眠，豈不諷刺？

16. 此女答歌。意謂：自與敦道親王相逢（幽會）以來，未知自己處境將如何？而今竟意外在他人宅第外宿也。

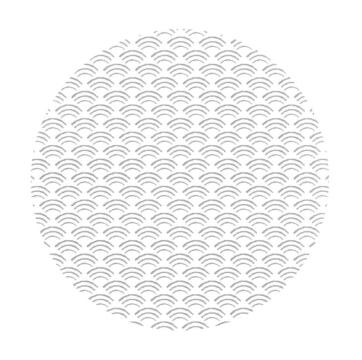

十七、移居的決心

堅定的信賴

親王的隆情盛意，實在教人難以承擔。事到如今，又怎能佯裝不聞不問不解情意呢？其他障礙[1]都算不了什麼大事了。乃遂下定決心遷移到親王宅第裡去。雖然也有人忠告種種[2]，而今已可充耳不聞。「此生多憂，索性就依了宿世情緣算了吧。」但有時又難免會想回來：「這樣的仕宮生活，原本不是自己的初衷。其實，最嚮往的是巖穴中的隱居生涯；但是，隱居之後若再遭遇到什麼悲苦不堪的事情，那可怎生是好？到時候，別人一定又要議論紛紛，說什麼不是出自本衷的出家意願啦什麼的。還不如一任命運，就這般過著尋常生活算了。也許，尚可就近關懷親人[3]的生活，又可照料昔人所留下的骨肉[4]的前途種種吧。」既然如此思定，便叨念著：「罷了。至少在尚未遷移入邸之前，別再讓那些無謂的謠言[5]傳到他耳中才好。只要日後近侍他左右，就應該會真正知道我的為人吧。」於是，對於那些依舊來投寄情書的男士們，也都著令予以嚴拒「不行」，從此不再做任何答覆了。

親王有信送達。展讀之下，竟寫著：「到如今，直信賴你，沒想到自己這般愚蠢啊。」寥寥三言兩語，卻輕輕附上一筆「且未知[6]」。讀之，未免驚悸，真教人傷心。蜚短流長的謠言雖然至今都不絕，總以為「不管人家怎麼說，沒有的事情，又有什麼辦法呢？」便也度日到現在；詎料，親王這次的信可是認真的。[7]「恐怕還有人曉悉我已決定移居入府第了；[8]如今果真遭遇到什麼事情，[9]豈不成了笑話嗎？」念及此，不禁悲從中來，便也無心給他答覆的話。另一方面，又擔心：也不知他究竟都聽到哪些謠言啊？也就更加無法回函了。如此一來，親王倒認為：果然，對於那封信的內容，感到遲疑的吧。遂又送來一函：「何以不回信？謠言果然是事實吧。變心何其快速啊！眾人都在謠傳你的事情，我也本不信以為真的，只當是所謂『莫煩惱[10]』，同你提一提而已。」見到此信內容，總算才心胸稍稍開朗起來，於是不免心生好奇，想探究他到底是怎麼個心境？乃遂寫了一封信函過去：「果真是如此想法的話：

盼即來兮當此時，
心雖戀君名須顧，
何得率爾兮恆相隨[11]？」

親王覽讀後，亦有覆函：

卿猶豫兮思慮多，
但顧世名不允見，
豈非他人兮心便苛[12]。

豈僅如此，腹腸亦為之怒騰哩[13]！「瞧，他知我處境這般困難，還要故意戲謔揶揄呢。」雖然不是不明白那心意，可委實真夠令人苦惱，故而稟報以：「我心實悲苦，不知如何披露於您？」沒想到，他反而詠這樣的和歌寄來：

莫疑卿兮莫恨卿，
苦思自勸亦無奈，
心意相違兮慮徒生[14]。

遂亦詠成一首答歌：

恨自恨兮盼莫絕，

雖云信愛能無疑？

吾正情深兮徒覺拙[15]。

這其間，日色已暮。親王復又來臨。他再次提起：「別人還是對你議論紛紛，我雖將信將疑，也只得寫那樣子的信給你；倘使真不願意再讓人說這說那[16]，不如就遷居到我那兒去吧。」如此云云，天明之後，便返歸去了。

箋註

作者終於下定決心移居敦道親王宅第內。此段文字即為描寫女方如何下此決心之起伏變化心理過程。另外一方面，圍繞在女主角周遭的眾多男士依然騷擾不已，而惡意的謠傳也依舊不絕；不過，親王已對此不再懷疑，雖亦不免於責備，而已逐漸轉變為甜蜜的打情罵俏語氣。

1. 「障礙」所意味的具體事項不詳。或謂係指親王對己的愛情以外諸事；一說則謂指女方與其他男子之間的關係。
2. 蓋指勸以日後同居的種種現實問題也。
3. 「親人」，蓋指作者之父大江雅致，以及姊妹等人。
4. 指其與前夫橘道貞所生之女（即日後之小式部內侍）。
5. 蓋指男女緋聞諸事。
6. 此敦道親王故意引用《古今和歌集・戀三》在原元方之作：「人或傳兮且未知／為卿珍惜名節故／過去今日兮兩不追。」意謂他人或紛紛傳說，但我因珍惜你名節，故無論過去與現今之事，均不予追究也。

7. 以其文短，又無和歌附之，故感知親王不悅也。

8. 蓋指與作者親近之諸女而言。

9. 謂若遭敦道親王遺棄之結局也。

10. 典出《古今六帖・四》伊勢和歌：「人言繁兮猶刈藻／紛紛紜紜難理清／情堅意定兮莫煩惱。」敦道親王引此句，實為安慰女方，謂己未必盡信人言紛紜，以情意堅定，故對謠言未必真有煩惱也。

11. 此女邀之之歌。冀盼敦道親王此時此刻即來相會。吾雖戀慕萬分，亦當須顧及名節（此巧取親王前信中所引和歌句意，已見6.中之「為卿珍惜名節」句），未便率爾赴其處所也。

12. 敦道親王見女取其信中「名節」云云之句，故作此和歌以揶揄之。謂女方因世人議論而猶豫不允相見，豈其他男人即可不顧浮名，而與己相會則多所苛責耶？其上句亦故意嵌鑲「名」之主題，以取信歌酬答互應之情趣。

13. 「此」指「名」。謂豈但恐浮名徒流傳，念及女待己不如其他男子寬厚（指與他人交往則不顧浮名，與己則斤斤計較），便覺腹腸因怒而翻騰也。

14. 此敦道親王坦白傾訴其對女之矛盾心情。謂苦苦自我勸告：莫再疑恨，但此心（愛女之心）與彼心（恨女之心）相乖違，實無可奈何也。

15. 此女答歌實具寬厚包容之心。意謂：戀愛中之人，情雖深而豈能無懷疑之時？故請敦道親王儘管怨恨，亦切莫斷絕對己之愛心；而己雖深情信賴親王，亦自不免於掛慮起疑也。和泉式部此製可謂道盡千古男女戀愛者之心，真正溫婉無比。

16. 指眾人謠傳與和泉式部的戀愛情事。

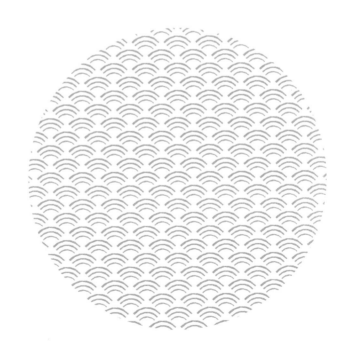

十八、入親王邸前

愛之情況

就這樣的，親王倒是經常會叫人捎信過來，他自己可不怎麼肯駕臨。即連風颳得緊雨下得猛烈的日子都不來訪，遂不免想到：「難道就不惦念這兒人口稀少，蕭蕭風吹，挺教人寂寥的嗎。」傍晚時分，乃修成一函奉上：

霜枯草兮葉凋零，
蕭蕭秋風吹悲寂，
荻音猶訪兮慰聆聽[1]。

覽信後，那人兒遂即遣來覆函，一看之下，竟是寫著：「風聲委實駭人，未知如何聆聽自處？正深深懷想。

草葉枯兮眾人離，
而今除我無人問，

聽嵐蕭蕭兮何所思[2]？

未能躬自造訪，徒然慰問，自亦悲苦難堪啊。」見他依舊有信表示關懷，不覺地欣喜異常。未幾，親王又遣人來告；另擇地方忌避方向，有個隱蔽之處所。照例又有車輛來迎，如今已不再猶豫，儘管聽從其言，遂上車前往相會。

悠閒自在地旦暮寤寐款款談話，覺得寂寥全消，真恨不得就此遷移到親王的府邸去，但他忌避方向的期間既已過，便回到自己的住處[3]。不知怎的，今日較諸往常更為眷戀懷思，故而詠成一首和歌獻上。

心茫然兮今日歸，
屈指為數流年月，
唯有昨日兮愁思微[4]。

書寫詩文

親王覽見之下，頗有憐憫之情，故亦差人捎來回音：「吾亦有同感。」又附和歌：

「無所思兮無所愁，
前日昨日可今日？
安得良時兮長保留[5]！

心願雖如此，但亦無可如何。還是早點兒下決心遷移到我居處來為善。」儘管對方這麼催促，可就是有所介意，依舊無法下定決心；只好茫茫然日復一日躊躇著。

彩色繽紛的秋葉都已凋零殆盡，天空澄明，眺望夕陽逐漸沉落，心中不由得稍稍不安，於是又依例投箋於親王：

幸有君兮常相慰，
明知如此仍傷悲，

日夕惆悵兮尤可畏[6]。

對方遂亦有答歌寄達：

日夕愁兮誰能免？
唯君最先詠斯歌，
心思細緻兮態綣繾[7]。

念及此，恨不得即今就去相訪啊。

翌日清晨，霜色還十分淨白的時分，親王便差人捎來信，詢問：「而今此刻，究竟如何自處？」遂即書成：

為候君兮坐待明，

霜色皚皚冷今旦，
始知此景兮最淒清[8]。

以為贈答之用。親王照例又書寫綿綿的情話，復又有和歌附之於後：

深思念兮吾獨戀，
如此單戀徒奈何，
願君同心兮是為善[9]。

答歌如下：

君自君兮吾自吾，
何曾如此區分別？

兩心相契兮未殊塗[10]。

這其間，女的大概是傷風了，雖然未至於十分嚴重的情況，總是不甚舒泰，故而親王便也時相過訪探病。「覺得怎樣？」親王詢問。遂答道：「好些了。很想多活一些時間，但此身罪業深重，只恐怕，

微命脆兮若玉緒，
幾絕未絕遂至今，
賴君關懷兮惜生旅[11]。」

親王聞此，亦欣欣然言道：「這敢情好。真箇太好了。」遂亦詠成一首和歌：

豈可絕兮絕不得，

兩心相許曾約期，
玉緒已結兮堅有力[12]！

箋註

雖然女方已大致決定要遷移入親王府邸，卻尚未能立即付諸實行。本段文字即在記述遷居前二人之間的種種情況。敦道親王方面，未便率性造訪女家，女方寂寥的心情，以及二人在三位之家（敦道親王表弟宅）的幽會等等，雖已內心互許，猶見情感重複起伏。

1. 此和泉式部託秋以示怨懟之和歌。謂霜令草葉凋枯之季節著實令人寂寥悲哀，猶憶秋風吹過荻葉，其音聲傳來時，親王尚見偶爾造訪。日語「秋」字與「厭」字；「音」字與「訪」字各諧音，頗取音義雙關之妙，譯詩逕以顯現之。

2. 敦道親王答歌亦頗見沿襲女贈歌之旨。謂霜既令草葉枯（喻女方見離於眾男），而今只有我一人來訪過問，未知嵐（音諧「無」）聲蕭蕭之際，如何自處？何所思耶？

3. 指女方住所。

4. 今日茫茫然回到家中。屈指細數與親王度過的日日，唯昨日為最沒有愁思的一天。

5. 此親王答女之歌。以女歌中稱道「昨日」與「今日」，故特為加添「前日」，謂前日與昨日無憂無慮之幸福，如何得以延續保留至今日？論者或因此歌而認為：敦道親王與和泉式部此度幽會，為期二日。

6. 此女詠日暮尤思念情人之歌。

7. 敦道親王答歌。謂誰人能免於日夕之愁思，而女方既能最先詠出，可知心思最細、感情亦最深也。

8. 女方頗示怨懟之歌也。謂以為敦道親王將來訪，故起坐至天明。見今旦霜色白冷，乃知此情此景最是淒清悲涼。

9. 此歌簡明扼要。敦道親王藉此歌以表明其深愛女之情意，亦隱藏催促女方速移居入府邸之願望也。

10. 女答以：自己從未曾將君、我區分，而心既相契，未嘗殊塗也。

11. 此歌為女表歡愉之作。謂己命脆弱如貫玉之絲組，幾乎斷絕而未斷絕，幸賴敦道親王示關懷，遂燃起重新愛惜生旅之念也。「絕」又暗喻親王造訪幾「絕跡」而終於再訪，故未「絕跡」，以示慶幸親王之造訪光臨。

12. 敦道親王答歌亦沿女作「玉緒」而來。謂二人曾有約期，心心相印如穿玉之絲結，堅固而有力，萬萬不得輕言命絕也。

十九、遷移親王邸之前

小小的起伏

這其間，不覺的今年已所餘無幾。心裡想著：等來春再遷移過去吧。十一月初，一個雨雪霏霏之日，親王令人捎信來云：

自神代兮降未已，
雨雪霏霏恆若斯，
今日之雪兮尤可喜[1]。

答歌如後：

每逢冬兮見初雪，
年年欣喜為賞心，
唯嫌此身兮古且拙[2]！

如此云云，互相詠唱著無謂的和歌[3]以度旦暮。

又有親王的信函送達。「久違多時，本擬前往拜訪，奈此間眾人似有詩文之會[4]……」覽此，不禁亦詠成答歌：

君無暇兮未遑來，
莫若逕自往拜訪，
文道行道兮知徘徊[5]？

親王覽此，覺得十分有趣[6]，便又回示：

盼前來兮訪吾宿，
文道既教行道詢，
兼得相會兮慰孤獨[7]。

一日，霜色較平時為更白。親王遣人來問：「這霜色，不知你正如何觀賞？」

遂詠：

夜清涼兮難成眠，
似彼鷸鳥屢啄羽，
坐看朝霜兮我淒然[8]。

這一陣子以來雨又下得猛烈，乃更作一首和歌。

既降雨兮更降雪，
君未肯臨情淺何，
朝霜坐看兮心悲切[9]。

此夜親王來臨，像往常那樣子談說一些世間虛誕之話語[10]，其後，忽又正色道：「假如你搬去之後，我去了別處[11]，或者去當了和尚，再也無法相會的話[12]，恐怕會覺得遺憾的吧。」聽他說這種令人擔憂的話，不免心中揣測：「究竟這是什麼心意呀？或者難道真的會發生這樣的事情嗎？」越想越覺得難過，禁不住就哭了起來。這時，外頭正閑閑地下著霙霰。一夜都沒有睡，親王深情款款地傾訴著今生乃至來世之契誓。「只因為他疼愛我，什麼事都依我，所以想要讓他相信我的誠意，這才決心要搬到他府邸去的；怎料得到他竟然興起什麼出家的念頭。早知如此，我便也貫遂自己的本衷，去當尼姑算了[13]。」想到這裡，不由得悲從中來，便也什麼話都不說，只一個勁兒地哭著。親王見此情景乃道：

虛誕話兮悠悠談，
只緣夜其長漫漫，

遂亦承接以：

涙落如雨兮情何堪[14]！

親王的神色看來似較平時顯得不安而且消沉，反覆念叨著類此話語。天既明，便回去了。

其實，倒未必真有什麼用處，自以為搬過去的話，至少可以聊慰寂寞，所以好不容易才下定決心的；到如今，又怎生是好啊？思緒紛紛亂亂。於是，將心事稟報：

「君所言兮良可悲，

真耶非耶未敢信，

唯願昨宵兮入夢涯[15]。

衷心雖然如此想法，但又怎能夠真當成夢呢[16]？」乃又於一端加添：

「如許深兮曾約契，
奈何驟爾變易生，
世事無常兮豈斯例[17]？

真教人傷情哪。」一見如此附言，親王遂亦有信函寄達：「我本擬先提筆的，

莫謂真兮莫傷情，
事過境遷只當夢，
不寐之夜兮憂多生[18]。

難道非要想成無常之世事不可嗎？

不可知兮唯壽命，
汝我相契實已深，
住吉之松兮堪與競[19]。

卿卿我愛呀，先前那種話語可千萬千萬莫再提起。都怪我自己惹引，後悔不已。」內容如此。

其後，女的更是難免諸多悲傷，唯有歎息連連而已。時則又想：早知如此，何不早些做好遷居的準備呢？中午時分，又有信函捎來。打開來看，有和歌如後：

嗟可戀兮欲往睇，
山里桓下花自開，
大和撫子兮似君麗[20]。

讀此，不禁叫出聲來：「哎呀，可真是狂熱啊！」便亦酬以：

倘真愛兮若誠戀，
請即前來探訪吾，
神豈禁行兮此道面[21]？

親王覽閱此，禁不住為之莞爾，近日來，他正熱心念誦佛經，所以書成一首和歌：

相逢道兮神豈禁？
只緣事佛法不容，
遂難離席兮未堪任[22]。

答作云：

君有難兮未便離，
吾將前往尋訪去，
但坐法筵兮莫須移[23]。

如此傳聞度日之間，雪竟下得十分猛烈。樹枝之上積雪豐盈，親王遂於有積雪的樹枝上繫著信函來云：

雪既降兮積枝枒，
謂春尚遠猶未至，
一時盈盈兮疑梅花[24]。

詠歌如此，故亦覆以：

雪紛紛兮降枝枒，
見梅早綻試攀折，
散落殆盡兮知非花。

次日一早，又有信文捎來：

冬夜長兮未闔眼，
戀君難耐至天明，
衣袖單敷兮情無限[25]。

答覆：「有道是，

冬夜寒兮淚結冰，

雙目凍封開不得，
強睜待明兮悲填膺[26]。」

又像往常一般，詠製酬對，聊以度日慰寂寞，豈不虛妄哉[27]！

箋註

本內容承前而來，繼續記述遷入親王邸前男女雙方的情緒起伏變化。女方好不容易下決心，而男方卻示意有出家之志，徒然引起擔憂。在此頗有一些女方內心紛亂之跡象呈現，然而終究只是情人之間的一點小波動而已，兩心實已契許。事情發生在十一月間。

1. 古代（原文用「神代」，故譯詩直取其詞。十一月多祭神之事，故稱）以來，每年降雪不已，而今日瑞雪初降（自後文女答歌可知），尤為可喜也。

2. 每年逢冬即賞初雪新降，總為之欣欣然，唯此身則一無新變，徒自嫌厭古拙也（日語「降」字與「古」字諧音）。

3. 作者每以「無謂」稱情書、情詩等愛情信誓。

4. 「詩文之會」蓋指寫作漢詩文之會。平安時代男士以漢詩文為正式學問修養，故而宮中聚會每多漢詩、漢文之製作也。

5. 此女方頗示決心與幽默之歌。謂君既無暇來訪，索性不如逕自前往尋訪，以一探所謂文章之道。當時稱漢詩文為「文章道」，而「文」字又與「踏行」之詞諧音，故此處又暗喻行往親王邸之道也。

6. 當時女性不作興寫作漢詩文，故作者和泉式部之好奇心與其才華反而引起敦道親王之興趣。

7. 敦道親王沿女和歌中「文道」與「行道」兼指之妙而作成此歌。旨在邀女前來其宅，既可教以漢詩文，又兼得相會以慰相思孤獨；至其如何往訪之行道，自可詢問之。由此往返之贈答作品，可以揣測雙方心中已有移居之默契。

8. 此係和泉式部表示敦道親王疏於來訪之怨歌。謂清涼之夜，以獨處難眠，似彼鷸鳥（水鳥總稱）之屢屢啄梳羽毛，片刻不安，坐待天明觀看朝霜之心淒然寂寞也。此和歌暗襲《古今和歌集・戀五》無名氏作：「彼朝鷸兮勤啄翼／梳得百羽亮如斯／夜夜待君兮亦屢拭。」

9. 此為作者追加怨歌。雨與雪並降，以示嚴冬近日以來親王未肯光臨，其情何等淺薄（「朝」字與「淺」字諧音）！而已則徹夜不成眠，唯有心緒悲切地坐看朝霜而已。

10. 指男女之間的情話綿綿。

11. 指寺院而言。

12. 蓋謂斷絕男女之關係。敦道親王何以忽有此出家之說，其動機不明，但平安時代知識分子貴族青年之間，或有出家之時尚。

13. 前第十七段文字中，作者曾言及有出家之志。

14. 敦道親王故意詠成前半首和歌，留予女方續成。二段合併，其意為：只因為今宵漫長，故情話種種，卻引得女方情悲淚下如雨。

15. 此為和泉式部對敦道親王出家云云之言表不安之歌。謂所言若屬實，誠可悲哀，故只願將昨夜之事當做夢一般看待也。

16. 原文只簡略稱道「怎能夠」，以其晦澀不明白，故譯文添飾之。

17. 女續表慨歎之歌。謂敦道親王曾與之相契甚深，未料一夜之間而言及出家，變化之快速，令人不可置信；抑所謂世事無常之例，即指此種說話而言耶？

18. 敦道親王安慰女之和歌。謂莫信昨宵之事為真實，以免傷情。如今只當一切係兩人不眠夜之夢可也。

19. 親王意猶未竟，故復詠此歌以慰女。謂人生唯有壽命短長不可測知，至於二人情愛則相契實深，堪與住吉松相競（「住吉松」典出《古今和歌集・雜上》無名氏作：住江岸兮有姬松／究經幾世復幾代／我來見汝兮已龍鍾）。

20. 此敦道親王逕引《古今和歌集・戀四》無名氏作和歌以託情思也。平安時代頗見此習俗。我國古代亦每見引《詩經》句以代己心思之例。「大和撫子」為日人至今仍使用之詞，故採直譯。撫子為草本植物，秋季開粉紅、白色等小花，日人習用以稱美女性。

21. 女答歌亦引《伊勢物語》第七十一段之和歌：「君既稱兮心戀思／何妨試來一會見／神祇豈禁兮此道規。」原作謂：若其真誠愛戀，即請來訪，此道（男女之間愛情之道）豈為神所禁止的？

22. 敦道親王答歌。謂男女相會之道神雖未設禁，但因己正事佛，為法所不容，故未敢離法筵而相訪也。

23. 此女表示願移入親王邸決心之和歌。謂敦道親王既事佛未便離家，則己將前往訪之，勸親王無須離頌佛之坐席也。

24. 雖未至春日，而白雪降落於枝頭，盈盈然，一時疑以為白梅綻開，故敦道親王詠成此和歌也。

25. 此敦道親王示愛之作。謂冬夜漫長，己因戀女而未曾闔眼成眠，僅敷陳衣袖獨臥至天明也。

26. 女謂己亦寒夜難眠，以悲填胸膺故，淚為結冰凍，雙目難開，勉強睜眼待天明也。

27. 此句為作者自省之語。謂詩歌酬答即使巧妙無比，亦終究不過是言詞文字之遊戲而已，實為虛妄難恃，而愛情之不可恃，有時未免亦復如此。

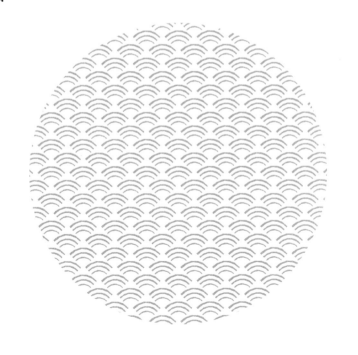

二十、十二月十八日

移入親王邸

不知道親王究竟意下如何？忽捎信來，儘說一些令人擔憂的事情，說什麼「恐怕在世是活不長久的吧」云云，乃遂奉上和歌一首：

彼吳竹兮世世傳，
代代故事宜相語，
忍教吾一人兮獨自宣[1]？

對方覽閱後，

彼吳竹兮誠多節，
片刻難忍多愁憂，
思欲遁去兮與世別[2]。

一面送來這樣的答覆，可一面又暗中在尋覓著可以金屋藏嬌之住處。思索著：「不習慣的處所，恐怕她會感到尷尬的吧。這宅第內的人，恐怕也會講些教她難堪的話語吧。事到如今，只好我自己去把她帶來才好。」十二月十八日，於月色分外明亮時分，親王光臨。他又如同往常那樣邀請：「來，咱們一塊兒走吧。」原以為這也不過只是今宵一夜之外出而已，遂獨自一個人上了車輛。親王卻說：「帶個什麼人來吧[3]。想跟你從從容容地談談。」心中不免納悶：「往常從來也沒有像這樣子吩咐帶人同行啦什麼的，難不成是要就這麼給遷居過去嗎？」遂帶一個侍女同行。那地方不是往常去過之處，彷彿經過安排似的，悄然也準備了一些侍女，布置得挺適宜居住的樣子[4]。心想：「這是幹嘛呀！早知如此，還不如堂堂正正帶一批人跟過來，乾脆驚動大家算了[5]。」乃於天明之後，遣人回去取梳櫛之盒[6]。

由於親王在房內，這邊廂的細格子門窗暫時不予開啟[7]。雖然不是害怕什麼，可終究難免覺得相當尷尬。親王或亦察覺到，故云：「馬上搬到北堂[8]去吧。這兒太靠近外頭，不甚幽靜[9]。」於是，將細格子門全部放下，悄悄地聽著。他又說：「白日裡會有侍女啦，院中的殿上人啦[10]，紛紛擾擾來這裡，怎能夠待在這種地方呢！而且，讓你就近看見，豈不嫌棄我糟糕透頂，對我感到失望，那可就教人心中悲苦了。」聽他如此說法，便也附和道：「我也正擔心著這一點呢[11]。」親王聽此，竟笑了起來。隨後又道：「說正經的，夜裡頭，有時候我到那邊去[12]，你可得小心點兒才好。有些傢伙恐怕還會窺覷哩。過些日子就搬到那個宣旨[13]住的地方去吧。那兒不會輕易有人去的。那邊廂[14]……。」說這話後，約莫過了兩天，親王果真準備要帶同女的搬到北堂去。人人驚動，有人遂將此事告知夫人。「就算是沒有發生這等事情[15]，都已經教人受不了啦！那女子又不是什麼了不得的人，真是的！」夫人震怒[16]。又來回思量：「定必是格外寵愛，才會如此偷偷帶回來的吧。」越想越不高興，乃遂更加沒有好臉色。親王也覺得心虛不忍，暫時不便率爾搬入北堂內。人言可畏，一方面又掛慮這邊的情況[17]，只好待在這裡。

夫人哭泣著責問：「聽說有如此這般之事，怎麼都不告訴我呢？這種事情，我又阻止不了；可就是不懂為什麼要害我給人當傻瓜當笑話，好不羞恥啊！」親王只得辯解道：「平日使喚下人，難道你自己做女主人的心裡沒數兒嗎？就因為你脾氣不好，不給人好臉色看，中將那些人都把氣出到我身上來；實在煩得很，所以才叫她過來，想讓她侍候，替我梳頭啦什麼的。往後，你這邊也可以召喚她侍候侍候的呀[18]。」夫人聞此，雖然心中仍老大不愉快，倒也沒有再說什麼。

平安時代貴族生活

箋註

作者終於遷移入敦道親王府邸內。此亦為本日記之一大分界，男女雙方愛情達到高潮。至於遷居之後的敘述，則轉為錯綜複雜的人際關係描寫；而前此所見戀人間詩歌贈答所呈現的微妙心理起伏變化，遂不復可見。移居以後，不再出現任何和歌，為值得注意的現象。

1. 「吳竹」為「世」（日文書為「節」）之枕詞，有如我國之歇後語。此係女聞悉敦道親王有棄紅塵入佛門之意，乃稱二人之間有如代代相傳的故事，本宜彼此相互珍惜，如何忍心令己一人宣言（責男方半途忽入佛門，則己將如何獨自承擔也）。
2. 此敦道親王表示其確實厭世，有隱遁與世別之意。
3. 指女方貼身之侍女也。
4. 蓋指與前時幽會不同之處所。敦道親王事先已有所準備，故侍女及居住環境均臻妥善也。

5. 此段文字，小學館本與新潮版本註釋略異，譯文從後說。此蓋作者內心所思，對於親王之舉止安排，頗有反撥之意。

6. 除梳櫛用具外，亦含化妝品等、女性整妝用之盒箱也。

7. 此係表示隱祕，尚未公開二人之關係。

8. 「北堂」原文作「北方」。指正廳北方的堂屋，為平安時代貴族之正妻所住處。

9. 謂出入之人雜多也。

10. 「院」為冷泉院之簡稱。冷泉院為敦道親王之父。殿上人為仕宮之四位、五位及部分六位之官職，可昇殿上者。

11. 女亦正愁親王因就近端詳，而對己之外貌失望生厭也。

12. 指敦道親王所居處所。

13. 「宣旨」為女房職稱之一種。此蓋指敦道親王府邸之女房而與和泉式部稔識者。

14. 謂宣旨住所。此句下疑有脫文。

15. 謂敦道親王納女入邸事。

16. 此處原文僅書「如此說」。以過於含蓄未能達意，故譯文揣摩人物心理，予以增飾之。

17. 指和泉式部的處境，及心理反應。

18. 此段文字十分曖昧，譯文略作補添。敦道親王為緩和夫人不悅之心情，乃曲為之辯說召女之目的在使喚之用也。

二十一、正月
親王府邸之生活狀況

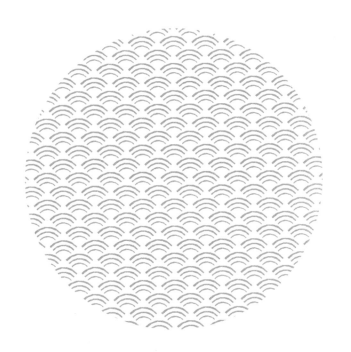

如此過了幾天後，已經習慣於府邸的生活。白日裡，侍候親王的梳髮等工作，而親王更隨意地召喚女的來做這做那，絲毫都不避諱，讓她在一邊近侍[1]。逐漸的，到夫人處走訪的足跡也稀疏了。夫人之悲歎，自是不可限制。

年已更替，到了正月一日。眾多朝臣趨前去參詣冷泉院[2]。親王亦參與其間，看來是多麼的年輕[3]俊美，真箇鶴立雞群。見此情景，可又真令人自慚形穢呢。侍候夫人的女房們也都出來靠近外邊的地方觀看熱鬧，但是，人人不看諸多朝臣，卻反而說：「來看那個人吧[4]。」於是，大伙兒騷騷擾擾，在拉門的糊紙上戳個洞啦什麼的。「真是不成體統[5]！」日暮，參詣之禮畢，親王回到府邸。有許多護送的公卿大夫相隨而至，遂舉行管絃之遊宴。委實興味濃厚可賞，卻又不由得忽憶及寂寥的故里生活來[6]。

如此近侍之際，下役人等[7]之間，竟然也有些難聽的謠言傳聞開來。「她[8]怎麼就這般想，這般講呢？真是討厭！」親王心中既不悅，遂越發疏於探訪夫人的屋室了。這一切，女的看在眼中，覺得十分過意不去。究竟如何是好？可又無可如何。事到如今，也只好順依著親王的意旨，遂這般就近侍候著。

遷入親王府邸以來，作者逐漸習慣於新的生活方式。年已過，進入新年正月。在眾人側目之中，二人之愛愈趨公開，而親王則逐漸疏遠夫人矣。

箋註

1. 表示「三千寵愛在一身」，不避他人耳目，日夜不離地相伴。此類情節亦見於《源氏物語》首帖〈桐壺〉。
2. 冷泉院為敦道親王之父。親王府邸在冷泉院宮殿之南，故可以見到參詣之朝臣。
3. 當時敦道親王二十四歲。和泉式部約為二十七歲。
4. 意指和泉式部也。
5. 此處原文僅書「戳個洞」。日式建築之屋內拉門以紙糊之，故易於戳洞。譯文增添文字，以求明白。「真是不成體統」，為行文間作者附加之評語。此種筆調亦頗見於清少納言著《枕草子》中。

6. 此句含義頗有今昔對比：今日之榮華與往昔之寂寥；又不免於幸福歡愉中夾雜一些難可言喻之淒然。

7. 「下役人」，原指身分低賤之雜役職司，如小舍人童、樋洗童等。此處蓋指敦道親王夫人之近侍雜役婦女也。

8. 原文稱「人」，以其指夫人，故逕譯為「她」。此是敦道親王心中所想：怪責一切惡評皆由夫人引發所致。

二十二、終局

夫人退去

親王夫人的姊姊，近侍東宮為女御[1]。正值休假歸寧在故里[2]，遂遣人送一封信於夫人：「究竟如何自處？近來聽聞眾人謠言，可是真事？即連我都感到受人蔑視似的。不妨於夜分來此。」夫人覽閱此信，覺得：即使沒有這等事情，別人都喜歡蜚短流長的；何況現在，更不知都說成什麼樣子了，遂越發的心憂，故而回覆道：「來函拜悉。不瞞您說，平時就不怎理想融洽的關係，這一向以來，更多添了一件見不得人的事體[3]。頗想前往拜訪，哪怕是短暫的時間，若能看看小親王們[4]，亦足堪安慰我心。盼請派車輛來迎。我這兒即使有什麼話，也將決心充耳不聞[5]。」便即著手準備所需種種物件。又命下人打掃清除雜亂不堪入目之處。「暫時回故里去吧。這樣待下去也無聊。主上不願幸臨，恐怕害他心中難免也會自責呢。」聽女主人這番話語，眾侍女皆紛紛為之不平。「這才真是怪事啊！世間人人都在嘲諷主上哩。」「那女的搬來的時候，主上還特地親自去迎接呢。真是太過分了，真叫人眼迷目炫啊！」「還竟然住在那個房間[6]裡頭呢。聽說主上白天裡都去三趟四趟的。」「您該好好兒懲罰懲罰主上才是。主上也未免太不聞不問了吧！」這些女房們口口交相憤憤責怪，徒令夫人更為之心煩。遂興起念頭：「算了吧，不管啦。再也不想就近看見他，聽他講話了。」而先前已曾央求東宮女御派遣車輛來迎，故而長兄們[7]來稱：「女御之君有請。」夫人便以為：果真是來迎接了吧。見乳母在指揮打掃房屋裡各處髒亂的角落，宣旨乃急忙忙來稟報：「如此這般之故[8]，夫人大概是要搬出去了。萬一教東宮知悉，可真是不得了啊。請過去勸勸吧。」聽到這種景況，心中自是悲苦難堪，卻又覺得這事情不容自己置喙，便也只好靜默在一旁聆聞而已。有些不堪入耳的話，恨不能退出外頭不要聽；可是，又怕因此而引起無謂的謠傳，只得隱忍侍候著。這種時候，不由得慨歎：吾身真箇苦惱不絕啊！

親王進入夫人的房間裡，夫人卻裝得若無其事然。「是真的嗎？聽說你要搬到女御的住處去。車輛的準備啦什麼的，怎麼也不同我說一聲呢？」對此問詞，夫人只簡約地回答：「沒有，沒什麼啊。人家那邊說準備好來迎接的呀。」然後便再也不作聲。

親王夫人的信函書寫的方式啦，女御說話的口吻啦，事實上大概不會是如此的吧。這一切，必定是作者擅予推測的結果。原來的書上是這麼記述的[9]。

（全文譯完）

此最後一段文字為記述敦道親王夫人自府邸引退之突發局面。文中出現夫人之姊——東宮女御、眾侍女之會話，以及夫人之言行等等。日記在府邸內充滿騷動的「物語式」推展中終結。作者和泉式部與敦道親王之間十個月以來的暗戀之緊張感已消失，進入本質上的另一階段，而日記文章乃在此完結。

箋註

1. 原文作「春宮之女御」。按：「女御」位次於「中宮」，為侍天子（或東宮）寢所之最高女官。平安中期以後，多自女御之中冊立皇后。當時之東宮為居貞親王（敦道親王之兄，後立為三條天皇），其夫人為藤原濟時之女，藤原娍子，與敦道親王之夫人為姊妹。
2. 其故里為小一條邸。時其父藤原濟時已亡，僅祖母居住。
3. 指和泉式部還居府邸事。
4. 當時娍子已有四男二女。

5. 指敦道親王若其勸阻，亦將斷然不予理會也。

6. 指宣旨之居所。

7. 敦道親王夫人有兄藤原通任（當時三十二歲，後晉位至從二位權中納言）、藤原為任（年齡不詳，曾任民部大輔、伊予守）、藤原相任（當時三十四歲，後出家）等。

8. 指夫人之兄長們派車來迎接一事而言。

9. 此末尾之數句，係作者為造成物語（小說、話本）效果，而故弄玄虛附記。謂作者所抄寫之原來底本如此記述也。

譯後記

日本人喜歡稱其文學史上璀燦的平安時代為「王朝文學」，而在王朝文學豐饒的文學遺產之中，有一群先後互輝的日記作品，其作者均為女性，故日本人每愛稱這些作品為「王朝女流日記」。這些日記文學作品，主要包括《蜻蛉日記》（藤原道綱母、約作於九五四—九七四年）、《和泉式部日記》（和泉式部、約作於一〇〇三年）、《紫式部日記》（紫式部、約作於一〇〇八—一〇一〇年）、《更級日記》（菅原孝標女、約作於一〇二〇—一〇五九年）、《讚岐典侍日記》（藤原長子、約作於一一〇七—一一〇八年）。這些日記文學作品，因作者不同，執筆的動機有別，而呈現各自的獨特風格，無論形式或筆調都互異；然而，儘管其間各不相同，卻由於執筆者那一股一吐為快的衝動，以及真摯熱烈的情緒，遂令後世讀者得以窺見她們內心的悲歡哀樂愛惡慾諸種情緒，甚至於透過所記述的許多景象及事實，也可以間接察知屬於那一個時代的社會習俗、人情風尚等可貴的現象；而這些情緒及現象，初不限於平安時代的女性專有，有許多種微妙的人際關係，或細膩的歡愁心理變化，似乎又存在於千年之後的今日。

這一本《和泉式部日記》，雖然是距離我們十分遙遠的時空之下一位女子所記戀愛經驗，但透過那些散文的記述及詩歌的往返贈答，她時則陶醉歡愉，時則自譴自責，又時則怨懟懊惱，忠實地記錄了一時一刻的愛情變化；而愛情，其實是時不分古今，地不分西東的。在這本書內，作者和泉式部所記錄的，雖然只是短短十個月之間，她自己和敦道親王之間的愛情經驗，文中出現的人物，幾乎就只限於男女二人而已，其他偶爾閃現於文中的旁襯人物，如小童侍、眾女房，乃至於其情夫的妻子等等，都顯得如此色彩暗淡，微不足道。在規模上，或者在篇章分量上都遠不及《源氏物語》體製完備的長篇鉅構，甚至亦不及《枕草子》的變化多樣；可是，每一首詩歌，乃至每一行文字，經由作者誠摯的、專注的記錄，我們依然會被她所投注於其中的心思所感動。

「和泉式部」四個字，其實也不是作者的真實姓名，那只是後世人們給她取的一個稱呼。但是，那又何妨？人誕生了，人死亡了，在活著的時候，她真實地生活，體驗過如此令她陶醉、猜疑、不安、心碎的愛情，於是她把那些經驗和感受認真地寫下來。她死亡了，而文字留下來。後世的人讀她的文字，遂一再鮮活地感受當時的陶醉、猜疑、不安和心碎。所以，和泉式部活在讀者的心中，並沒有死去，她當初究竟叫做什麼名字呢？似乎也就變得不是那麼重要了。

若說日本平安時代文學作品的雙璧是紫式部的《源氏物語》與清少納言的《枕草子》，則加入和泉式部的《和泉式部日記》，便成為鼎足而立的三部不朽之作了。《源氏物語》為小說，《枕草子》為隨筆，而《和泉式部日記》為日記文學，三者各屬於不同的分野；也各有其精神風貌：《源氏物語》中屢見「もののあはれ」（「物之哀」）、《枕草子》多稱「をかし」（「饒有趣」）、而《和泉式部日記》則常謂「はかなし」（「虛誕的」）。這是一個十分有意義的巧合，三位平安王朝的女性作家，個別從不同的立場和角度觀察人生，將她們的體悟投注於小說、隨筆，和日記之中，竟不約而同地說出：這人生是多麼可感動、饒有情趣，卻是虛誕的！

從一九七三年以來，我在教書與持家的生活間隙裡匀出一些時間，從事日本古典文學名著的譯註工作。我以六年的時間譯完一千三百五十二頁的《源氏物語》；越二年，予以修訂再版。我感到長期投入一種工作的壓力與疲困，以為那種分外的工作，不可能再去嘗試了；我渴望休息，藉以消除或忘記那種壓力與疲困。五年以後的一九八六年，我卻又情不自禁地開始再度譯註《枕草子》；三年而完成，共計三百二十六頁。當時已經預感到我只需要一段充裕的時間休息，便會再找另外一個目標努力工作的。於是，停頓三年以後，於一九九一年，我又取《和泉式部日記》置於案頭，做為斷續譯註的對象。每一次的譯文，我都在雜誌連載刊登，以為推動自己的力量。前二書是刊載於《中外文學》月刊，《源氏物語》共刊六十六期，《枕草子》則二十二期；至於本書，是先發表於《聯合文學》月刊，自一九九二年元月至九月，共九期。每期譯文刊載之際，並自繪插圖，以供讀者了解之助益。

在翻譯本書時，我所採用的底本是小學館「日本古典文學全集」中所收《和泉式部日記》（一九八九年十二月二十日，第二十一版），又參考新潮社「日本古典集成」的《和泉式部日記》及《和泉式部集》合編本（一九八八年九月十日，第四版）。不過，任何古典文學作品，在其長久歲月的留傳之中，總不免有版本異見，乃至脫闕文之遺憾，《和泉式部日記》亦然。而後世學界研究，往往各從所是，遂衍生異說紛然、莫衷一是，即以我所採用的以上二種版本之間，便有段落、章節的差異，以及註解不同的困惑。但我譯此書，初不以考據研究為主旨，乃在希望讀者分享我閱讀之際的感動，所以遇有異議時，或取此而捨彼，或遵彼而汰此，胸中自有選擇，且亦多在附註之中說明，唯其學術爭議，從來不容易有定論，是可以理解的。

繼《源氏物語》及《枕草子》之後，翻譯這一本在分量上與前二書相距甚多的薄薄一冊，事實上對我而言，其挑戰性與困難度並未遜於前二者。原因之一是，本書全以和歌贈答為骨架，其表達方式既隱約，而翻譯之際又得顧及形式上字數、叶韻等的限制，所以十分困難，因而幾乎每一首和歌都須要有註解說明；原因之二是，日本古典文學每多省略主詞，故閱讀時往往要靠上下文的關聯去斟酌，予以判斷，始能了然。至於翻譯為中文之際，若完全忠於原文，讀者必然會陷入猜謎遊戲般的困惑之境，所以有時不得不擅加補充主詞，以助了解；原因之三，則是和泉式部行文極其簡淨，此或者係因當初記述，旨在為自己留下紀念，無須多費筆墨。但譯文如果全依原作，不免流於乾澀生硬，故有時又不得不逕自稍加增飾之，以求明白順暢。嚴格說來，這是一本比較適合在課堂上仔細講解推敲文字及其內涵的作品，使學生或聽眾既能掌握字裡行間所蘊藏的巧妙情味，又能欣賞其簡淨委婉的綴文方式。然而，譯者所能發揮的空間委實有限，既欲忠於原著，又盼譯文貼切流暢。徘徊思索，有時則不免於顧此失彼，遂令心惶惶而不安。這是我每一次完成一部書的譯註後，既欣慰又惶恐的內心告白。

《和泉式部日記》在《聯合文學》連載九期，至今又匆匆已過半年。承蒙林海音女士美意，能結集為單行本，由「純文學出版社」發行，令我感銘於心。外子郭豫倫再次為此書設計封面並題字，也一併在此道謝。

一九九三年暮春

林文月　謹識

生命的學問

牟宗三／著

牟宗三先生學貫中西，融會佛儒，是享譽當代的哲學大家。他融合德國哲學家康德與中國思想，開闢出獨霸一方的哲學體系。在中國近代思想史上，有其卓然不凡的地位。本書收集了他哲學專題的探討、人生問題的思索、生活心情的紀實，以及前塵往事的追憶等文章，充分展現一代大哲的真情至性。

琦君說童年

琦　君／著

每個人都有童年，不管是苦是樂，回憶起來都是甜美的。善於說故事的琦君，與您一起分享她魂牽夢縈的故鄉與童年。書中有她家鄉的人物、生活和風光，也有好聽的神話和歷史故事。篇篇真摯感人，字裡行間充滿了愛心與情義，在欣賞琦君的散文之餘，更別有一番溫馨感受。

兩地

林海音／著

本書為林海音最早期的作品，也是最重要的作品之一。在北平成長，戰後才返回故鄉臺灣。客居北平時，遙想故鄉的人事；回到臺灣後，又懷念北平的一切。對這兩地的情感，釀出一顆想念的心。